屋上で縁結び

岡篠名桜

集英社文庫

屋上で縁結び◇目次

本文デザイン／柳瀬向日葵
（テラエンジン）

屋上で縁結び

屋上の鳥居

1

手応えは、水を摑《つか》むほどもなかった。

書類選考を通り、面接までこぎ着けたのだから、それなりの対話があってもよいはずだ。なのに、値踏みすらされないのはつらい。

「――ええと、瀬戸苑子《せとそのこ》さん。お年は二十七歳、と」

「はい」

履歴書に貼られた写真を確認するようにちらりと苑子に向けられた面接官の視線は、そのまま彼の左手にはめられた腕時計の上に移った。両隣に座っているほかの面接官もまるで集中していない。

ああきっと、自分より前に面接した中に、目ぼしい人材がいたのだ。先方の中での選考は、もう終了しているのだろう。廊下に並べられた椅子に、最後まで座って待っていたのが苑子だ。

おざなりになされる質疑応答に、それでも一縷《いちる》の望みをかけ、用意してきた答えを誠心誠意アピールしてみたけれど、自分の言葉が少しも相手に届いていないことは、薄々、いや、はっきりとわかっていた。

相手も、それを隠そうとしていなかった。むしろ、故意に苑子にもわかるような態度を取っている、と考えてしまうのは被害妄想だろうか。連戦連敗の中で、幾度も体験したデジャビュのような光景を今一度、目の当《ま》たりにしながら、それでも苑子は笑顔を崩さずにいた。

「本日はお時間を割いて面接をしていただき、ありがとうございました」

一礼して、面接室を出る。

塵《ちり》ひとつ落ちていない、きれいに磨かれた廊下を抜け、大きな吹き抜けのあるエレベーターホールまでよろよろと歩いた。

再就職のための面接に訪れた会社は、高層オフィスビルの二十七階にあった。ビル全体がガラス張りの外壁で、眼下には何にも遮られることなく都会の街並みが見下ろせる。

見上げると、飛行機がすい、と空を横切るのが見えた。

一面ガラスの壁面から射《さ》し込む晩秋の西日が眩《まぶ》しい。フロアに視線を戻せば、行き交う人々の足元から長く伸びる影を作っている。

これだけたくさんの人が働いているのに、なぜ自分はその中のひとりになれないのだろう――。

三基あるエレベーターはどれもこの階より上にあり、さらに上層階へ向かっている。この階まではしばらく下りて来ないだろう。

「うわ。きも」

ガラスに映った自分の顔を見て、苑子は思わず呟《つぶや》く。

かれこれ十分、面接室に入る前からずっと作っていた不自然な笑顔だ。妙な具合に凝り固まり、あーうーと大きく口を開けてほぐさないと元の顔に戻らない。無理やり口角を吊《つ》り上げていたせいで、頬の筋肉が引き攣《つ》っていた。

こんな顔で面接を受けていたのか。

(そりゃ、受かるわけもないか)

変だな。笑顔は鏡の前で何度も練習したのに。

これでは履歴書に貼った証明写真といい勝負だ。

もしかしたら証明写真のほうがまだましかもしれない。最近の証明写真はカメラマンの腕を借りずともとても優秀で、コンビニの横に設置されたボックスのスピード写真でもそこそこ盛れる。苑子もまた、わざわざ数百円割高のきれいに撮《と》れるコースを選んで写真を撮った。だが、実物がこれではその数百円が台無しである。

ため息をつきながら、こつん、と苑子は額をガラスに押しつけた。

大学を卒業し、新卒で四年勤めたネット通販会社が三か月前に倒産した。年々乱立する同業者の中では老舗と言われる会社だった。新参の会社にシェアを奪われ、右肩下がりの業績を持ち直すべく試みた戦略が、ことごとく裏目に出た結果での経営破綻だった。総務部にいた苑子はそれでもその破綻の気配をいち早く察知できた。だから、どうだというわけでもない。

ただ会社があがく過程は身近で見てきた。まずカットされるのは人件費だ。リストラされていく社員たちの書類手続きをするのが、総務の中で人事課に所属していた苑子の役目だった。

この書類をいついつまでに提出してください。雇用保険の手続きは——と、肩を落とし、うつろな眸《ひとみ》を紙面に這《は》わせる社員を前に、淡々と説明をしなければならない苑子もまた、自分の身を呪ったものだ。

彼らに同情している余裕もなかった。

(あぁこの会社はもうだめなんだな)

いつしか肌でそれを感じるようになり、幾人もの社員に書かせた書類を、近いうちに自分も書くことになるのだとぼんやり覚悟していた。それは本当にあいまいな覚悟だったのだと、今になって思う。

いち早く自らの再就職を考える機会があったのに、苑子は動き出そうとしなかった。泥船に乗っていると知っていても、そこでの任務を全うしなければならない——そんな愛社精神など特に持ち合わせていたわけではないのに。

ただ、目の前にある仕事をこなすことに精一杯で、気持ちの切り替えが器用にできなかっただけだ。

だが苑子はその時点で活動を始めるべきだったのだ。あたりまえだが総務部は会社の経営が破綻した後も、最後まで事務処理をしなければならなかった。他の元社員たちが次々と再出発をしていく中、苑子はいつまでも細々とした雑務に追われ、再就職活動どころではなかった。

元同僚たちのほとんどはすでに再就職先を見つけ、日常を取り戻していると聞く。

苑子だけが、いまだ宙ぶらりんの無職である。

人事課にいたときは、採用面接にも多々立ち会った。もちろん選考に携わったことはない。苑子の仕事は提出された履歴書の整理や、面接希望の人たちからの電話の応対、面接時の案内、そして採用不採用の連絡等々だ。

直接ではなかったが、選ぶ側の人間だった自分が、今は選ばれる側にいる。選ばれたいと必死にあがいている。

職を失ってからもう三か月。

実家住まいだから生活には困っていないものの、肩身は狭い。職がないなら嫁に行け、と見合い相手をどこからか探し出してくるような親でもないが、浮いた話ひとつない娘を不甲斐《ふがい》なく思っているのは伝わってくる。唯一の救いは五つ年上で同じく未婚の兄だ。勤務先が遠くてすでに実家を出ているが、いまだ身を落ち着かせていないという点では共犯である。

（ああ。どんどん落ち込んでいく）

選ぶ側にいたからといって、何をどうすれば選ばれるのか、などというコツは知らない。新卒と再就職では求められる人材も違うだろう。大学生のときの就職活動の経験はあまり役に立たなかった。

だが、かつての上司や先輩もしていた面接官の、その表情の裏は感じとることができてしまう。

あ、今、食いついた。あ、もう興味を失った。面倒くさそうだな。早く切り上げたがっているな――。

そうなると、何をアピールすればよいのかわからなくなる。

そもそも総務部にいた苑子は地道にこつこつと雑務をこなしてきた。四年居ても後輩は入ってこず、下っ端の仕事は減らないのに、上から下りてくる仕事はどんどん多くなる。日々の作業に追われて、自身のステップアップだとか資格を取るとか、そんなことを考える暇もなかった。それでもそれらの仕事は苑子に合っていたと思う。

――瀬戸さんて、ザ・総務部って感じだよねいつだったか営業に配属された同期の子にそう言われたことがあった。真面目で、見た目が地味だと言いたかったようだが、特に反論もしなかった。苑子自身がそう思っていて、彼女の発言も別段、不愉快ではなかったからだ。

だが、この再就職を成功させるためには、それではいけない。

三か月たっていまだ迷走中の苑子は自分のセールスポイントすら見失っていた。

そもそも自分に売り込める長所なんてあるのだろうか。

(――ないな)

わかっている。地味な見た目や、ステップアップを考える暇がなかった、なんてただの言い訳だ。日々の作業に甘んじて、自分を磨いてこなかったのは他でもない苑子自身の怠慢である。

採用されないのは面接の順番でも、ひどい作り笑顔でも、再就職活動のスタートが遅かったせいでもない。自分にそれだけの魅力がないからだ。

ふいに居たたまれなくなる。

周辺のビルに比べてひときわ高いこのオフィスビル。わたし、今、ひどく場違いなところにいる。

愛社精神はなくとも、今はもうない前の会社が恋しくなった。

創業三十年を超えていた前の会社は古びた六階建てのオフィスビルの、一階から四階を占めていた。

窓は小さく、自然光があまり入らない室内ではいつも電気が付いていた。いつの頃からか、経費節減で半分の蛍光灯は消灯することになり、倒産直前はオフィス全体が薄暗かった。だからだろうか、オフィス内に活気が満ち、社員たちが意欲的に働いていた光景もたしかに見ていたはずなのに、苑子は悲しくも電気の半分消えた、いつも雨の日の夕方を思わせる光景しか思い出せない。地方にある、一度だけ研修見学に行ったことがある商品センターのことまで脳裏に浮かんできた。まわりは山と田畑しかない農村地だ。生まれてこの方、東京以外の土地に住んだこともないのに、なぜかあの田舎の風景までもが懐かしかった。

（わたし、相当病んでる。……エレベーター、まだかな）

もう一度ガラスに映った自分の顔を見た。

以前、苑子が不採用の連絡をしたとき、電話のむこうにいた人たちもきっとこのような表情をしていたのだろう。

エレベーターが到着する音が鳴り、扉が開く。十数人が降りるのを待って、乗り込もうとした時だ。

目の端に、何やら赤いものが見えて足を止めた。

ガラス越しに見下ろす夕景。乱立するビル群。

それらのひとつ。とあるビルの屋上に、その赤いものはあった。オレンジ色の西日の中でも、その赤はひときわ赤い。

赤というよりは、朱色だろうか。

（鳥居……？）

苑子は目を凝らす。

ビルの屋上にあるのは赤い鳥居だった。

（どうしてあんなところに）

鳥居があるということは、神社か祠《ほこら》があるのだろうか。

「あ」

鳥居に目を奪われているうちに、エレベーターの扉は音もなく閉まり、地上へ向かって下りて行ってしまっていた。

（まあ、いいか）

せっかくなので遠い鳥居に向かって手を合わせる。何の神様が祀《まつ》られているのかはわからないが、赤い鳥居なら稲荷神社《いなりじんじゃ》だろうか。

どんなご利益があるのかもはっきりしないまま、苑子はぎゅっと目を閉じた。再就職先が決まりますように再就職先が決まりますように——藁《わら》にも縋《すが》る思いとはこういうことなのかもしれない。意味もなく三回、口の中で唱える。

唱え終わったと同時に次のエレベーターが到着した。願いは届くだろうか。お賽銭《さいせん》も入れていないからだめだろうか。

それでもエレベーターに向かう足取りはさっきより、ほんの少しだけ軽い。

そうだ。セールスポイント。

ぽんっと頭の中で閃《ひらめ》いた。

同じ総務部にいた先輩に訊《き》いてみよう。

なぜ今まで気づかなかったのか。自分ではわからなくても他人の目から見れば何かしらあるかもしれない。

苑子はさっそくスマートホンを取り出し、アドレスの中から三期先輩の同僚、安達麻《あだちま》由実《ゆみ》の名前を探す。いちばん年が近く、同僚の中では親しくしていたほうだ。麻由実は結婚四年目で、会社の倒産を機に共働きを止《や》め、一旦家庭に入ると言っていた。

〝安達さん久しぶりです。いきなりですけど、わたしの長所って何でしょう。実は今、再就職活動に行き詰まっていて……〟

つらつらと泣き言を入力しかけて、一旦消去する。麻由実は取り留めもない長話が大嫌いなのだ。

もっと手短に、大事なことをずぱっと言《ゆ》うてちょうだい。それが彼女の口癖だった。主に経理を担当していた麻由実が、通るか通らないか微妙な領収書を持ち込み、何とか通してもらおうとうだうだ言い訳がましい説明をする男性社員を一刀両断にする姿は、総務部の名物風景だったほどだ。麻由実は大阪出身で、仕事中は標準語で通していたが、その時だけ地元の方言を持ち出してくる。決して声を荒げることはしなかったが、ばりばりの大阪弁は、それだけでなかなかの迫力だった。

〝安達さんお久しぶりです。唐突ですが、わたしの長所を客観的に教えてください。(再就職面接アピール用)〟

端的なメッセージに書き直し、送信ボタンを押す。

エレベーターを降り、ビルを出ようとしたところで返信が来た。

「安達さん、早」

一分も経《た》っていない。きっと返事も短いのだろう。〝知らんがな。自分で考え〟そんなところかもしれない。〝そこを何とか〟と、苑子がもう一度食い下がれば、面倒見のよい麻由実のことだ。〝しゃあないなあ〟といった体《てい》で答えてくれるだろう。

冷たい風が身に染みる。コートのボタンをすべて留めると、歩きながらメールを開いた。思ったとおり、目に入ってきたのは短い文章だったが、予想とは違っていた。

〝人の顔をよく覚えていること〟

苑子は首を傾《かし》げながら立ち止まった。人の顔をよく覚えている――?　それって長所なのだろうか。

スマホの画面を眺めながらしばし戸惑っていると、着信があった。その麻由実である。

「はい、瀬戸です」

「久しぶりやな瀬戸ちゃん。メール見た？」

「見ました。あれって、長所ですか？」

「ほかに思いつかへんかってん」

「………」

しれっと返され、打ちのめされる。黙り込んだ苑子の耳に「うそやん」と、悪びれる様子もない声が続けて届いた。

「立派な長所やで。今やから言うけど、瀬戸ちゃんがうちの会社――まあ、もう倒産したけど、採用されたんはその長所のおかげやし」

「へ？」

「夜のコンビニ」

「コンビニ……？」

そう言われてもまったくぴんと来ない。

鈍い反応しか返せない苑子に、麻由実は焦《じ》れたように息をついたが、さすがに話が短すぎて通じないと察したのだろう。順を追って語り始めた。

「初《しよ》っ端《ぱな》のうちの新卒の就職説明会の、三日後の夜やったらしいわ」

人事課の係長が夜の九時頃、コンビニでひとりの女子学生に声をかけられた。レジの列の後ろに並んでおり、係長が店員から受け取り損ねて落としたおつりを拾ってくれたのだ。

その際、

――あ、お疲れさまです

ごく普通にそう言われ、驚いた。

戸惑う係長に、女子学生は会社の名前を口にし、先日そこの就職説明会に参加したと告げたのだという。なるほど彼女はリクルート用のスーツを着ていた。だから係長も最初から就職活動中の学生なのだろうと認識していた。

そして係長は、たしかに自社の就職説明会にも顔を出していた。

だが最初に一、二分の挨拶をしただけで、その後の学生への説明は別の社員がしたのだ。その自分を、この女子学生が覚えていたというのだろうか。しかも今はスーツ姿ではなく、上下ともジャージを着ている。そもそも人に覚えられるような特徴のある顔でもない、と自覚している。

驚きがほんの少し、警戒に変わったという。

説明会にはざっと数百の学生が集まっていた。その中にこの女子学生もいたのだろうが、やはり自分の顔が覚えられているとは不可解だ。

「最初はストーカーやと思いはったらしいわ」

「え、待ってください。その女子学生ってわたしですか」

「ほかに誰がおるん」

そんなこと、あっただろうか。

苑子はスマホを耳に当てたまま考え込む。

人事課の係長と言えば苑子の直属の上司だった人だ。その下で働いていた四年の間に、雑談の中でもそのような話が上がったことはなかった。

ともかく係長は女子学生のことを、内定を欲しいがゆえに、人事課係長である自分に近づいてきたストーカーかもしれない、と考えた。コンビニは自宅の近所だ。もしや会社からずっとつけてきたとか。

「わたし、そんなことしません」

むっとして反論する。

「たまたま係長のご自宅がわたしの使ってる駅の隣の駅だっただけです」

夜のコンビニの件は覚えていないが、たぶんお互いの駅から近い店舗だったのだろう。リクルートスーツを着ていたのなら、苑子はきっとその日も就職活動をして、その後、友人と食事でもした帰りだったのだ。

「せやけど、隣の駅やってわかったんは入社してからやん」

「それはそうですけど」

ともかく係長は用心し、念のために名前を訊《たず》ねたそうだ。女子学生は瀬戸苑子と名乗った。

良くも悪くも、係長は面接試験で瀬戸苑子をマークした。

一次試験はグループ面接だった。学生たちが五人一組となり、ディスカッションをする様子を面接官が見る。広い会議室にはグループが一度に六つほど作られ、ひとつの輪に面接官がひとりついた。係長は苑子がいるグループとは別のグループを担当していたが、苑子のことは注意して見ていたらしい。

その際、苑子は特にあやしい素振りは見せなかったという。

「何ですか、あやしい素振りって」

「さあ。これみよがしにアイコンタクトを送るとか」

「するわけないです」

「キャバ嬢やあるまいし、地味ぃな女子学生にされたらびびるわな」

カラカラと麻由実は笑う。やっていないことでびびられるのも笑われるのも心外だが、今は話の続きを聞きたい。

ストーカー疑惑がどう長所に繋《つな》がるのか。

苑子は切実なのだ。

「グループ面接が終わったあとのことらしいけど」

退出する際に、別の女子学生が苑子の前でボールペンを落とし、気づくことなく会議室を出て行ってしまった。

苑子はボールペンを拾ったものの、退出時の行動も面接官は見ているため、慌てて追うことも声をかけることもせず、冷静を装っていたようだ。

廊下には面接が終わった学生と、次に面接を控えている学生とで、少なくとも五、六十人がいた。にもかかわらず、苑子は一度見失ったはずの女子学生を、それらの学生たちの中から迷うことなく見つけた。

その女子学生は苑子と同じグループだったわけではない。隣のグループでもなかった。しかも就活中の女子学生が十人いれば七人はそうであるように、肩より下の髪を黒っぽいゴムで後ろに束ねていた。もちろん髪の色は黒で、リクルートスーツも黒か紺だ。

正直、この時点では、面接官も学生たちの顔の判別は難しい。グループ面接での発言や印象で気づいたことは履歴書にチェックを入れているものの、顔そのものをちゃんと覚えているわけではなかった。

瀬戸苑子は、女子学生がボールペンを落としたその一瞬で、彼女の顔を認識し、覚えたのか。

いや、待て。もしかしたらふたりは元々、知り合いだったのかもしれない。そんな考えも頭を掠《かす》めたという。

だが苑子が気になった係長は一部始終を自分の目で見ていた。ボールペンを差し出された女子学生は、落としていたことに驚いたあと、丁寧に苑子にお礼だけを言ってすぐに背を向けた。初対面同士にしか見えなかった。

それでようやく疑惑が晴れたらしい。

一転、係長の中で、苑子の評価は上がった。

人の顔を覚えるのが得意、というのは仕事においても役に立つ。

「最初がストーカーやっただけに、印象がぐっとアップしてんな」

「ギャップ萌《も》えってやつでしょうか」

「ちゃうやろ」

「……言ってみただけです」

係長に萌えられても困る。冗談でも口にするのではなかった。

「とにかく、いっぺん、それを長所として推してみたらええねん」

「はあ……」

どちらかと言えば長所というより、特技に入るのかもしれない。どれほどのアピールポイントになるかわからないが、しないよりはましだろう。

言われてみれば、さっきの感じの悪い面接官のメガネの形も、右隣に座っていた男性の分厚い唇がひどく荒れ気味だったことも覚えている。特に意識して見ていたわけではないし、どちらかと言えば覚えていたくない顔なのだけれど。

その後は麻由実の近況を訊ね、「あー、うん。ぼちぼち」と麻由実にしてはあいまいな返答に「そうなんですか」と苑子もぼんやり返して通話を切った。

直後にまたメールが来た。

〝頑張りなはれ〟

何とも能天気な言葉に励まされる。さあ、履歴書を買って帰ろう。

2

再就職先が決まったのはその一週間後だった。

――須田《すだ》メンテナンス

近野《こんの》ビルという、地下二階、地上十階建てのオフィスビルの地下一階にある、ビル管理会社である。

まずはビルに入ってすぐの一階のカウンターに向かう。そこで受付をするよう、電話で面接予約をした際に言われていた。

約束の時間は午後一時半。苑子は腕時計を見る。十分前。ちょうどいいはずだ。

「お待ちしておりました」

苑子が面接予約の旨を伝えると、華やかな受付嬢はそう言いながら、電話の受話器を取り、ボタンを押す。

「お約束の瀬戸様がお見えになりました」

と相手に伝えたあと、どうぞ、と苑子を受付横のエレベーターへと促した。

「須田メンテナンスは地下一階エレベーターを降りられたすぐ右手にございます」

「あ、ありがとうございます」

丁寧な案内に、少し及び腰になる。エレベーターを降りると、本当にすぐのところに須田メンテナンスはあった。

磨《す》りガラスの扉を開ける前に、深呼吸をする。

中に入ると、皆、忙しそうにオフィス内を行き来していた。苑子に気づいた男性が近づいてくる。にこやかに迎えられ、無駄な緊張が少し消える。五十がらみのその男性は人事担当の真辺《まなべ》と名乗った。

地下なので窓はないが、室内は明るい。

パーテーションで区切られた奥のミーティングルームで面接は始まった。

今日の志望者面接は苑子ひとりらしい。

そのせいもあってか、面接官の真辺は履歴書に目を通しながら、苑子の話にも丁寧に耳を傾けてくれた。訊かれるまま質問に答え、自然な笑顔を心がけながら、いつ例の長所をアピールしようか間合いを見ていた、そのとき。

「それじゃあ、早速、週明けから来てくれるかな」

「えっ」

「何か、問題でも」

「ないです」

即答するが、にわかに信じられなくて、面食らう。

履歴書を提出して、十分ほど話をしただけだ。それであっけなく採用が決まった。

(ほんとに?)

そう真辺に詰め寄って訊き返したい気持ちをぐっと堪《こら》える。取り乱したところを見せて、気を変えられたら元も子もない。

「じゃあ、今日は金曜だから、出勤は月曜からということで。始業は九時からだけど、とりあえず初日は三十分前には出社してもらおうかな。あ、うちは制服があるから」

月曜までに用意しておくという。

オフィス内を見渡すと、白いシャツに紺のベストとタイトスカートの女性社員が数人、デスクで作業をしていた。前の会社と似た制服だ。

「はい。よろしくお願いします」

「それと。この資料に目を通しておいてくれるかな。この近野ビルについて書いてあるから」

「近野ビル……ですか」

「そう。このビル自体、うちの会社が管理していてね。まあ、後の細かいことは追々」

「はい。ありがとうございました」

最後まで印象を崩さないように気をつけて退出する。一基しかないエレベーターが降りてくるのももどかしく、苑子は階段で一階まで上がった。最後の数段はスキップをしたい気分だった。

と、勢いよく扉を開けたところで、苑子の前に人影が立ち塞がった。突然のことでよけきれずにぶつかってしまった。

「す、すみません」

「いえ、こちらこそ」

三十歳前後の背の高い男性だった。グレーのパーカーに黒いカジュアルなジャケット、黒いデニムパンツにスニーカー。このビルに入ってからスーツ姿の男性しか目にしていなかったので、ひどく違和感を覚える。

男性はぼけっとしている苑子に軽く会釈を返し、階段を上っていった。

苑子もまた、一階のフロアに出たところでようやく息をつき、小さくガッツポーズをする。

「やった」

小声で囁《ささや》いたつもりが、喜びのあまり、いつもより高い声が出ていたらしい。思いのほかフロアに響き渡る。

視線を感じて振り返ると、中央に置かれたカウンターのむこうから、さきほどの美人受付嬢が苑子に微笑《ほほえ》みかけていた。

照れ笑いを浮かべながら、軽く会釈をして近野ビルを出る。

すぐさま麻由実に採用が決まったことをメールした。せっかく助言してくれた長所はアピールできなかったが、それはそれである。麻由実も忙しいのか、今日はすぐには返信が来なかった。

帰りの電車に揺られながら、真辺に手渡された資料を取り出す。

――近野ビルについて
十ページほどの冊子だったが、表紙にはそう書いてあった。

あれ、と首を傾げる。

須田メンテナンスに関しての資料ではないのだろうか。そういえば、近野ビル自体、須田メンテナンスが管理していると真辺が言っていたが。

表紙をめくると、初めに近野ビルの歴史が綴《つづ》られていた。

建築年、一九九一年――ということは築二十五年か。

それによると、近野ビルは元々は手広く事業をしていた総合商社崎田商事《さきたしょうじ》の自社ビルだったらしい。だが業績の不振により崎田商事は八年前に事業を縮小。その後、近野学《まなぶ》氏がビルを買い取り、以後、崎田ビルから近野ビルへと名称を変更した。

崎田商事は現在、近野ビルの七階にテナントとして入居している。

フロアマップも載っていた。

地下二階は駐車場。地下一階には須田メンテナンスと須田不動産が入っていた。同じ須田ということは、この二つは関連会社か何かなのだろう。

一階にはロビー、受付カウンターと旅行会社。二階から七階まではオフィスフロアで、各階に一社から二社、入っている。八階がクリニック、九階が文化教室、そして十階は須田不動産が管理している貸会議室になっている。

あとはそれらの各テナントについての詳しい記載があったが、そこでちょうど降りる駅についた。

駅を出てスマホを確認する。

麻由実からの返信はまだなかった。

週が明けて月曜日。八時半出社と言われていたところを、そこは余裕を見て八時十分には近野ビルに着いていた。

ビルの正面ドアは開いていたが、受付カウンターは無人である。

エレベーター前にも人影はなかったが、それ自体は可動しているようだ。表示は二階を過ぎたところだから、行ってしまった直後なのだろう。上へと昇っていくランプは各階に止まり、またも時間がかかりそうだ。

会社は一階下だから、最初から階段を使うほうが利口である。

そう考えるのは苑子だけではなかったらしい。

階段へ通じる鉄扉《てっぴ》を開けると、上から下から、複数の足音が聞こえてきた。苑子が下りていく途中でもふたりとすれ違う。ひとりはスーツ姿の男性で、階段室の扉を開けた瞬間、颯爽《さっそう》と目の前を横切り、軽やかに階段を上って行った。もうひとりは苑子と同じくらいの年頃の女性だ。今年流行の白いロングコートを着ていて、ちょうど地下二階から上がってくるところだった。薄暗い階段室でも彼女の姿だけほのかに明るい。きれいに巻かれたセミロングの髪が肩あたりで弾む。すれ違いざまに見た顔は月曜日の朝を象徴するかのように憂鬱そうだったが、苑子の視線はその唇に留まる。

（あっ、あれも今の秋冬の新色かもしれない）

先週まで失業中だった苑子は口紅一本すら買うのをためらう生活をしていた。

地味系女子だからといっておしゃれに無頓着なわけではない。とはいえ、ちゃんと月々の収入があった頃はそこまで化粧品や服に興味を持っていなかった。けれど。そんな些細《ささい》な物さえ手が届かない——惨めな想《おも》いが意味もなくそれらに固執してしまっていたのだろう。季節の新色を把握するほどに。ショップのショーウインドウを物欲しそうに眺めてしまうほどに。

次のお給料が入ったら絶対買おう。新しいコートも買おう。そう心に決める。

須田メンテナンスに着くと、すでに真辺が来ていた。壁の時計を確認すると、まだ八時十五分だ。ほかに社員の姿はない。

「おはようございます」

「ああ瀬戸さん。おはよう。早いね」

「いえ」

真辺さんこそ早すぎじゃないですか、という言葉を呑《の》み込む。

「ちょっと待ってて。今、制服、出してくるから」

「はい」

しんとしたオフィスを見渡しながら、自分のデスクはどこになるのだろう、と視線を彷徨《さまよ》わせる。フロア全体にデスク七台の島が三つ。ざっと見たところ、どのデスクも使用されている様子で、空いていそうな席はない。

左側にあるパーテーションの向こうはこの前に面接したミーティングルームだ。右手の奥の一角は給湯室だろうか、台の上に電気ポットが見えた。

ふと、入り口横の行動予定表が目に入った。ホワイトボードに貼られたマグネットの名札は白と赤、二色ある。

大半が白で、そのいちばん下に瀬戸の名前があった。

自然と顔がゆるむ。

どこにも所属していない自分、というものがどれほど心許《こころもと》ないものか。情けなくて、孤独を感じるものか。それは化粧品や服が買えない、などといった金銭面以上に、苑子の精神を追いつめていた。

再就職先が決まった苑子に対して、家族の反応は思っていたよりも薄かった。あらそう、よかったわね――母親の言葉も素っ気なかったが、ちらりと浮かべた安堵《あんど》の表情を見れば、やはりそれなりに心配をさせていたのだろう。その日の晩御飯にはさりげなく苑子の好物が一品入っていた。

とりあえず、年が変わる前に決まってよかった。もう十一月の半ばだ。ぎりぎりセーフである。

名札の上から三番目に真辺の名前があった。そういえば、と真辺のいた席を確認すると、総務部部長というプレートが置かれてあった。

（真辺さん、部長なんだ。係長くらいかと思ってた）

苑子の想像どおり五十前後だとすれば、部長でもおかしくない。なのに、なぜか意外だと感じてしまう。

髪の毛は半分以上白髪で全体的にはグレーになっており、背丈は百六十足らずの苑子とさほど目線が変わらない。貧相な体格ではないが、やけになで肩だ。何より、常に穏やかで優しげな顔立ちが年相応の威厳を取り去っている。

それが単なる恵比須顔《えびすがお》で、必ずしも微笑んでいるわけではない、ということは、先日の面接の途中で気づいた。だがしかし、誰よりも早く出勤し、新入社員の制服まで手配する管理職というのも驚きだ。

「はい、お待たせ」

「は、はい」

真辺がビニール袋に入った荷物を持って戻ってくる。人知れず失礼なことを考えていた苑子は思わず、返事の声を上擦らせた。

「これね、制服」

「あ、はい。……え？」

部長直々《じきじき》に差し出されたビニール袋の中身はクリーニングから戻ってきたばかりのように、上下ともハンガーにかかっている。それを見て、今度は間抜けな声を上げた。

「これ……ですか」

「そうだけど」

真辺がけげんそうな声音で、苑子を見返した。だが、顔は恵比寿様のままだ。とっさに言葉に詰まった苑子に、淡々と説明を続ける。

「靴は——うん、今履いてるのでいいかな」

苑子の黒いパンプスを確認しながら言うと、右の奥を指さした。

「女子更衣室はあっちだから。給湯室の奥ね。私物もそこに入れて」

「でも、この制服」

「これがロッカーの鍵。番号、書いてるよね。十一番ね」

キーホルダーには十一、とマジックで手書きされてある。

「とりあえず着替えてきてくれる？　それからまた次の指示を出すから」

言って自分の席に戻ろうとする真辺を、苑子は慌てて引き留めた。

「あの！」

「ん？　何？　サイズが違う？　きみなら九号で大丈夫だろうって倉永《くらなが》さんが言ってたんだけど」

「いえあの、九号で合ってます」

倉永さんが誰かは知らないが、問題はそこではない。

「そうじゃなくて……これ、ここの制服じゃないですよね」

苑子が面接のときに見かけたのは、白いシャツに紺のベストとタイトスカートだ。でも手渡されたビニール袋の中にあるのは、ベージュのジャケットと黒いスカートである。

「ああ。それもうちの制服」

「え?」

「きみは受付に配属になったから」

「う、受付?」

「ほら、時間がないよ。さっさと着替える」

そうこうしているうちに、ほかの社員たちも出社してきた。

男性社員たちは席につき、パソコンの電源を入れる。あるいは給湯室に直行し、コーヒーメーカーを作動させてホルダー付きの紙コップをセットした後、コーヒーが落ちてくるまでスマートホンをいじり出す。またある社員はホワイトボードに行先を記入し、すぐにまた出て行った。

そんな中、女性社員たちは軒並み、フロアの奥へと消えていく。

(待って、受付? わたしが?)

手にした制服を茫然《ぼうぜん》と眺めつつ、けれど、いつまでもこうしているわけにはいかない。

苑子は彼女たちのあとを追うように更衣室へと向かった。

給湯室というよりは、小さなシンクが備わった簡易カウンターが壁に作りつけられているだけのスペースを通り抜け、さらに角を右に曲がると更衣室と非常口のドアがあった。

前を歩いていた女性について更衣室に入る。

十台ほど横並びになったロッカーが二列、向き合うように置かれており、十一番は入り口から一番奥の端だった。着替えている女性たちの間を縫うように自分のロッカーに辿《たど》りつく。

「あら、新しい人？」

隣のロッカーを使っている女性がベストのボタンを留めながら訊いてきた。

「はい。瀬戸苑子と言います。よろしくお願いします」

「園田《そのだ》美冬《みふゆ》です。あ、その制服。もしかして受付？」

「そうみたいです……」

「じゃあ、倉永さんと組むのね」

言いながら美冬は後ろを見遣《みや》った。

つられて苑子も振り返る。

二十代から四、五十代と思《おぼ》しき年齢の女性が、みな同じ紺の制服を身に着けている中、ひとりだけ苑子と同じ、ベージュのジャケットを着た女性がいた。黒いタイトスカートが形の良いラインを描いている。すらりと伸びた脚は美しく、背中でゆれるウェーブの髪は艶《つや》やかだ。それを派手すぎずセンスのいい髪留めで整えながら、苑子と美冬を肩越しに見た。

「呼んだ？」

「倉永さん、お仲間が来たみたいでよかったですね」

「本当よ。これで膀胱炎《ぼうこうえん》にならなくて済むわ」

「ぼっ、膀胱炎……？」

言葉を詰まらせながら倉永という女性の顔を見る。面接の日に、受付にいた美女だった。

「この季節になるともう寒いのよね、受付。自動ドア開くたびに風が入って来るし。ええと、瀬戸さんよね。よかったわね。採用になって」

「はい」

「わたしもよかった。三か月前に一緒に受付してた子がひとりやめてしまって。それからずっとわたしひとりだったから、トイレも行きたいときに行けなかったのよ」

一応、合点がいった。トイレを我慢し続けるとその病気になりやすい、とは聞いたことがある。

美女は倉永千晶《ちあき》と名乗った。年はきっと、苑子より二つか三つくらい上だろう。それにしても、と、着替え終えた苑子は思った。

同じ制服を着ているというのに、この差は何だろう。聞けば千晶も苑子と同じ九号の制服だという。いや、サイズは合っているのだ。中身が違うだけで。

一度も染めたことがない真っ黒の髪を黒いゴムで留めた苑子は、そこだけいまだ就活中のようだった。

八時四十五分に朝礼が始まり、苑子もほかの社員に紹介された。新顔が入ってきたからと言って、学校の転校生並みに騒がれることなどあるはずもなく、よろしくお願いします、と挨拶した後は、業務の連絡や報告などが短く交わされて朝礼はお開き。各自、作業開始である。

「瀬戸さんは、わからないことがあったら倉永さんに訊くこと。倉永さん、よろしく」

「はい。じゃあ瀬戸さん、行きましょうか」

受付業務は九時からだそうだ。

それまでに受付カウンターのまわりを整えなければならない。

オフィスを出る前に、千晶が行動予定表の前で立ち止まった。名前の横に、一階受付、と書き込む。同様に苑子もマジックを走らせながら、倉永の名札が白ではなく赤いことに気づいた。

「あ、それね。わたし、須田メンテナンスの社員じゃないから」

赤い名札は正社員ではなく派遣社員や契約社員だという。主に、契約物件の整備や警備を担っている現地スタッフが多い。見ると、そういった赤い名札の予定表にはさまざまな現場の場所、そして直行直帰と書かれてある。

千晶も、人材派遣会社に受付業務専門で登録しているのだという。

苑子は大きく頷《うなず》いた。

千晶は見るからに、これぞ受付嬢、といった雰囲気だ。苑子自身は間違っても受付嬢ではないだろう。ただの受付業務担当だ。

「どうかした？」

いまだ困惑中の苑子の顔を千晶が覗《のぞ》き込む。

「いえ、あの。どうしてわたし、受付担当になったのかなと思いまして。求人の募集要項には一般事務って書いてあったので」

「あら。受付じゃ不満？」

「そんなんじゃないです」

苑子は慌てて否定する。

「ただ、自他ともに認める地味系女子の自分がどうして受付担当になってしまったのかと――」

「地味……それはそうねえ」

千晶は納得して、一緒に考え込む。そんなに地味ではないわよ、と言ってほしかったわけではないが、多少、へこむ。

「事務に募集かけたのは、年末で女子社員がひとり産休に入るからだったはずよ。何でかしらね。まあ、いいんじゃない？　わたしはありがたいわ」

今までも昼食休憩や、千晶が急遽《きゅうきょ》休まなければならなくなったときは、須田メンテナンスの女性社員が日替わりでカウンターに入っていたそうだ。だがオフィスのほうもぎりぎりの人員で業務を回しているため、あまり無理は言えなかったらしい。

「だって内線回して、トイレ行きたいんですぅとは言えないでしょ」

「はあ……」

そんなきれいな顔をして、よほど、トイレ関係ではいやな思い出があるらしい。

やはりエレベーターは使うことなく、ふたりして階段を上がる。

その時、またひとり、若い女性が下から階段を上がってくるのが見えた。

白いコートだ。顔を見てはっとする。出社したときに見た新色口紅の女性だった。

なぜか気にかかった。

女性はさっきも今もひどく神妙な面持ちをしていた。そんなに出勤が嫌なのだろうか。

いや、朝から何度も階段を上るのが嫌なのかもしれない。

「今のひと」

一階の玄関フロアに出てから、苑子は呟いた。

「ん？　さっきの子？」

「朝早く……三十分くらい前にも同じように階段を上がってたんです。何だか思いつめたような顔をして」

そこまで考えて、不思議に思う。なぜ女性は二度も階段を上がっていたのだろう。忘れ物でもしたのか。

そういえば、女性は地下二階から上がってきた。苑子は近野ビルの概要を思い出す。地下二階には駐車場しかない。

駐車場に止められる台数は二十五台。入っているテナント数や従業員、来客の数を考えれば少ないだろう。来客用のスペースは確保しておかなくてはならないだろうから、そもそも従業員が駐車することは極力避けるはずだ。

白コートの女性が駐車場を使うとは考えられない。もしかして女性はこのビルで働く会社員ではなく、来客なのだろうか。

「それね。彼女はこのビルに入ってる会社の従業員じゃないと思うわよ」

「え？」

「でも地下駐車場を使ってたわけでもない」

「あの」

「瀬戸さん、ひとり言を口に出しちゃうタイプなのね」

千晶がにやりと笑う。苑子ははっとして手で口を押さえた。

「で、出てました？」

「うん。でも何でそんなにさっきの子が気になるの？」

受付カウンターに入り、千晶が真っ先にしたのは足元に置かれた小さなヒーターの電源を入れることだった。空調が効いた屋内にいると外気との寒暖差が激しい。冷たい風はいっそう冷たく感じるし、夏はその反対なのだろう。

千晶はヒーターをふたつの椅子の間に設置すると、次は引き出しから台拭《だいぶ》きを取り出した。

「あ、わたし、やります」

「そう？　じゃ、よろしく」

カウンターまわりを丁寧に拭きながら、苑子は先ほど問われたことに対し、「何でだろう」と呟いた。

「顔がすごく思いつめてるように見えたからでしょうか」

苑子の目にはひどくキラキラして見えた流行のコートや新色の口紅。それとは裏腹な、沈んだ表情。

ふうん、と千晶は相槌《あいづち》を打ちながらパソコンを立ち上げ、パスワードを入力した。しばらくモニターを凝視していたが、ふと視線を上げる。

「まあね。……でも本当に追いつめられてるのかもね」

「えっ」

どういうことだろう。

「このビルの会社の従業員じゃなくて、来客でもなくて……じゃあ何なんですか？」

「来客じゃないとは言ってないけど」

千晶は肩を上下させる。

「むしろ、お客さんかも。きっと、屋上に行ってたのよ」

「屋上？」

追いつめられて、屋上って、まさか。

そのつもりで、でも決心がつかなくて階段を何度も行ったり来たり——。でもお客さんとはどういう意味だろう。

「あ、違うから。瀬戸さんてひとり言だけじゃなく、顔にも出やすいのね。別に飛び降りるために屋上に行ってたんじゃないって」

「じゃあ、何なんですか？」

「それは——まあ、そのうち、わかるわよ。ほら、もうすぐ九時になるわよ。雑談は終わり」

受付は、文字どおり、来客の受付をするのが主な業務だ。

テナントに入っている会社への来客は、まず、受付で名前と会社を伺い、それから訪問先の会社へ内線を掛ける。アポイントメントの有無や状況に応じてエレベーターホールへ通すか、出直してもらうか、あるいは一階ロビーの隅にあるラウンジで待機してもらう。受付がふたりいる時は、ひとりが訪問先の会社までお連れするのだという。

テナントの社員はビルの通行証を首から下げており、それで来訪者とは区別するといった具合だ。

「でも駐車場からだと、受付を通らず、直接上のオフィスに行けるんじゃないですか？」

「駐車場には警備員室があるの。その前を通らないと階段室やエレベーターのほうに行けないのよ」

警備員もまた須田メンテナンスの契約社員だという。

ほかの業務としては、九階にある文化教室の受講生への対応などがある。受講生たちには講座ごとに受講証が発行されており、それを受付でチェックしなければならない。実はいちばん忙しいのが、この文化教室の受講証確認なのだという。

これは来訪者への応対業務ばかりではなく、須田メンテナンスとしての仕事でもある。文化教室を運営しているのはビルオーナーである近野氏だが、その業務はすべてビルの管理会社である須田メンテナンスに一任されている。総務部が、文化教室の事務局も兼ねているのだ。

教室は九階フロアに全部で六つ。

毎時間すべての教室が使われるわけではないが、だいたい三講座から四講座は開かれる。それぞれ受講時間は一時間半で、午前中に一講座、午後に二講座。

ひとつの講座に対する受講生数はさまざまだが、どれも講座実施最少人数は五人。少なくとも講座開始時刻前になると、十五人前後の受講生の確認をしなければならない。それが一日三回である。あらかじめ、受付には講座ごとの受講生の名簿が用意されており、その名簿と受講証を照らし合わせるのだ。

さっそく朝の十時に一回目の講座の受講生たちがやってきた。俳句と水彩画とピラティス、と三講座だったが、バラエティに富んだ内容だったせいか、シニア世代から主婦層、学生まで、さまざまな顔ぶれの受講生がいた。

「セキュリティがすごくしっかりしてるんですね」

視線は極力、目の前の自動ドアに据えたまま、囁き声で会話を交わす。大きく空間を取ってある一階ロビーは、それでも声がよく反響する。前の会社ではビルに入るために、ここまでチェックされることはなかった。それ以前に、受付カウンターそのものが存在しなかった。

「それがそうでもないのよね。八階にクリニックがあるでしょう」

「あ、はい。たしか、内科と整形外科と――」

「あとは、歯科」

患者は近野ビルのテナントに勤めている従業員に限らず、外部からもやってくる。

「それをいちいち身元確認はできないでしょう？」

「はあ……」

クリニックに行きたい、と言われてしまえば、どこの誰だかわからなくても通さないわけにはいかない。保険証や診察券までここの受付がチェックをするのはやりすぎだろう。

「それから、そこ」

言って千晶はエレベーターホールとは反対側の一角を見遣った。旅行会社である。一日中、客の出入りがあり、特に昼休憩の時間帯になると、近隣オフィスの会社員たちの姿も多い。ちなみに苑子たちの受付業務は土日が休みだ。ビル自体も正面玄関は閉ざされる。だが休日出勤や土日営業の旅行会社もある。その場合は従業員も訪問客も地下二階の駐車場入り口から入るのだという。

「商品開発とか個人情報とか。その他もろもろの大切なデータの流出がどうのっていうのは各会社できちんと保護してもらうしかないってことよ。不審者をすべて受付で追い払うなんて無理」

そもそも受付業務は午前九時からだが、テナントに入っている会社の多くは須田メンテナンスと同じく始業時間がもっと早い。正面入り口も午前八時には開錠されている。その間の人の出入りはチェックしようがない。

ではなぜ受付カウンターがあるのかといえば、前のビルの形態の名残だという。

「前の……って、崎田商事でしたっけ」

「そう。その自社ビル。上から下まで全部フロア、崎田商事」

今のテナント部分も、それぞれすべて崎田商事の一部署だった。

一階ロビーに受付を構え、来訪者を迎える受付嬢は、まさしく崎田商事の顔としての役割も大きかったのだ。

「この制服もね、その当時のものを引き継いでるの。デザイン的には流行遅れなんだけど。須田メンテナンスの地味な制服で受付に座るのは、崎田商事の人にとっては許しがたいんですって。今はもうテナントのひとつでしかないのに、特に上の方たちが文句を言うそうよ」

須田メンテナンスとしては、いちいち受付担当者用に制服を新調するつもりもなく、それならば、とそれまで崎田商事で使っていたものを譲渡してもらうことになった。

「そういうわけで、わたしたちも、セキュリティにうるさいばかりが仕事ではないのよ。一応、近野ビルの顔、なの」

姿勢を正したまま、千晶が顔だけ苑子に向ける。座っているときも立っているときも、その背筋は常にまっすぐ伸びている。

「基本は笑顔よ。お客様を気持ちよく迎え入れて、機嫌よくお帰りいただくのが仕事」

「笑顔」

「そ。笑顔。無駄に振りまくと面倒なことになるけど」

「面倒なこと？」

「うん。ストーカーとか」

口角を上げ、自然な微笑みを保ったまま、千晶はさらりと言う。たしかにそれほどの美貌なら、いろんな男性が近づいてくるだろう。

ストーカーと聞いてふいに、麻由実からの話を思い出した。自分が被害者ではなく加害者に間違われかけていたことに、今さらながらダメージを受ける。

（わたしが付きまとわれることはないな）

カウンターの上でパソコンを操る、千晶の美しく整えられた指先を見た。薄いピンクの上品なネイル。左手の薬指には指輪がある。

「倉永さん、ご結婚されてるんですね」

苑子が言うと、千晶はうっすらと目を細めながら「だから派遣のほうが都合がいいの」と答えた。


午前の作業が一段落し、先に昼休憩を取った千晶が戻ってきたときだ。

自動ドアが開いて、ひとりの男性が現れた。

「あ」

カーキ色のモッズコートのポケットに両手を突っ込み、寒さから逃れるように背中を丸めて入ってくる。

「どうも」

男性は受付カウンターに向かってひょこっと頭を下げると、そのまま旅行会社ではなく、階段室のほうへ向かっていく。

「あ、あの倉永さん。いいんですか、あのひと。ノーチェックですよ。ビルの通行証もぶら下げてなかったんじゃ」

「ああ、いいの。あのひとは」

「いいのって。顔馴染《かおなじ》みのひとなんですか。……そういえば前も階段のところで出くわしましたけど」

すると千晶は驚いたように言った。

「よく覚えてたわね。そうそう、瀬戸さんが面接を終えて戻ってきたとき、そこでぶつかったひとよ。やっぱりイケメンの顔は覚えてるもんよね」

あの場面を、千晶も見ていたらしい。イケメンじゃなくても覚えているんだけれど
——とはあえて言わずにおく。

「どなたなんですか？」

「あら。気になる？」

「気になるというか。普通に誰かなって」

顔パスでビルに出入りするなんて、特別なひとなんだろうか。

「ちょうど休憩だから追いかけていってみたら」

「は？　い、いいですいいです、そんな」

「イケメン見たら、お腹《なか》だけじゃなく心も満たされるわよ」

「……休憩、行ってきます」

3

そんなに言うほどイケメンだっただろうか。顔ははっきり思い出せるが、イケメンかそうでないかは判別できない。

苑子は一旦、地下一階のオフィスに戻り、更衣室のロッカーに入れていたお弁当とマイボトル、財布を取り出す。自分のデスクで食べるつもりだったが、あいにく苑子の席はない。

どこで食べようかと悩んだあげく、屋上に行くことにした。

この寒空に何を好き好んで、と自分でも思うけれど、何となくあの白コートの女性を思い出したからかもしれない。

制服の上にコートを羽織り、ロッカーを閉じる。

屋上に行ったのだという千晶の言葉も、話があいまいに終わったこともひっかかっていた。

さすがにエレベーターを使おうと思ったが、またしてもタイミングが悪くなかなか降りてこない。意を決し、地下一階から十階、いや、その上だから十一階か。全部で十二階分の階段を上るべく足を踏み出した。

すぐに後悔が襲ってくる。これは、きつい。わかっていたけれど、きついなんてもんじゃない。

三階分を上がったところで足が重くなってきた。パンプスなので余計だ。けれど途中からエレベーターに切り替えるという考えはなぜか頭をよぎらない。意地になっているわけでもなく、ひたすらこのまま屋上を目指すことを無意識に受け入れていた。何の試練だろう。不思議な感覚だった。

途中で、今、自分が何階にいるのかわからなくなったが、踊り場の壁に〝9〟という数字を見つけて挫《くじ》けそうな気持ちを辛《かろ》うじて繋ぎとめた。それに、試練と言っても先の見えない道程《みちのり》ではない。ゴールの場所はわかっている。

屋上へと続くドアに辿りついたときには、膝ががくがくと震え、肩で息をしなければならないほどだった。呼吸がままならない。なのに、意味もなく達成感のようなものを覚える。やけに気分は爽快だ。

ゆるゆると、ドアを開ける。瞬間、初冬の風が苑子に体当たりしてきた。軽く汗ばんでいた体が一気に冷える。

（寒っ）

苑子はコートの前をきゅっと手で合わせながら外に出た。

「あ……」

そこで、絶句する。

コンクリートの地面。転落防止の鉄柵。空調だろうか貯水タンクだろうか、それとも電気関係か、詳しくはわからないがビルの設備機器らしき四角い大きな建物。

よくある屋上の景色の中、見慣れない物がある。いや、つい数週間前にも見た。別の場所から。

「鳥居……」

屋上に、赤い鳥居。

ひょっとして、それほど珍しくもないものなのだろうか。

もしかして、と思い、苑子は周辺のビル群を見渡す。

(ええと、駅が向こうだから南はあっちで)

あのとき、鳥居は西の方角に見えたから、と、いうことはあのガラス張りの高層ビルは——記憶を掘り起こしながら、うろうろと屋上を歩き回る。あのビルがあったのはここから電車で数駅だから、ありえなくはない。

「あ、あった」

たぶん、あのビルだ。

東の方角に、ひときわ高いガラス張りのオフィスビルがある。あそこから見えたのは、ひょっとしてこの鳥居だったのではないか。藁にも縋る思いで再就職先が決まるようにお願いした鳥居は。

苑子は窺《うかが》うように、屋上の真ん中に建てられた鳥居に近づいた。両脇にそれぞれ、ちょこんと狛犬《こまいぬ》が据えられている。

賀上神社。

(〝がうえ〟? 〝がじょう〟?)

何と読むのだろう。

鳥居の上部中央の額にはそう書いてある。

普通の神社の鳥居に比べると小さく、遠くからは鮮やかに見えた朱塗りも所々剝《は》げていた。けれどそれが、造られてからの短くない年月を思わせる。同時に、厳かさも醸し出していた。

鳥居の真下からは奥に向かって、まっすぐ白い石畳の道が造られていた。二メートルほど先の突き当たりに祠がある。

苑子は迷うことなく短い参道に入った。

祠の前に賽銭箱を見つけたからだ。財布を開けて、少し考えたあげく、百円玉を取り出す。参拝のときに鳴らす鈴はないらしい。きちんとした手順もわからないまま、とりあえず賽銭箱に小銭を入れる。

（おかげさまで再就職先が決まりました。ありがとうございました）

苑子は手を合わせ、心からの感謝を伝えた。

願掛けのときは無銭だったのに、それでも願いを叶《かな》えてくれたのだ。おまけに、再就職先がその祠を祀ったビルの中の会社とは、何て奇遇だろう。

思わぬ巡り合わせに感慨深いものを覚え、しばしその場に佇《たたず》んで祠を見上げる。ひと呼吸置いて、参道を戻ろうとしたときだった。

祠の後ろでがさがさっという音がしたかと思うと、人影のようなものがぬっと飛び出してきた。

「ひっ」

あまりの驚きに、苑子は短い悲鳴を上げ、その場に尻餅をついてしまった。石畳に腰を打ちつけ、今度はその痛さに声にならない悲鳴を上げてしまう。

「大丈夫ですか？」

悶絶《もんぜつ》していると、頭上から男性の声が降ってきた。

「すみません、驚かせてしまったみたいで」

祠の裏から出てきた張本人らしい。

「いえ、わたしこそ——」

「立てますか」

差し出された男性の手に戸惑い、顔を上げる。

相手を見上げて、また仰天した。顔を見るまでもなく、カーキ色が目に入ったところで、もしやと気づいていたのだけれど。

さっき、ノーチェックでビル内部に入ったあの男性だった。

「た、立てます」

そう言いつつ、先ほどの階段上りの疲労もあってか、すぐには体が動かなかった。男

性が手を出したまま困ったような顔をしていたので、

「すみません」

躊躇《ためら》いながらもその手を取って、立ち上がる。

「コートが汚れてしまいましたね」

「あ、いいんです」

苑子は男性の手を離し、恥ずかしさを笑みに変えながら、コートの砂埃《すなぼこり》を払った。

就活用に使っていた黒の安物コートだ。それを、何となく今日も着て出てきてしまった。

そういえば、黒のパンプスも。再就活を始めるときに買ったパンプスは悲しいほど履き古され、すっかり足に馴染んでしまった。本当は黒いコートなど必要もない時期に再就職先は決まっているはずだった。

こうして再び働ける場所を得た今だからこそ、笑える話である。

「——新しく入った受付の方ですよね」

「はい」

男性もまた、にこにこと話しかけてくる。受付の制服を着ているからそう言っただけなのだろうが、苑子は不覚にも変に意識してしまった。

千晶があんなことを言うからだ。

……たしかに、イケメンなのかもしれない。黒いさらさらの髪は全体的に少し長めだが、清潔感はあり、笑顔も爽やかだ。奥二重の目元は凛々《りり》しく、笑うと少し目尻が垂れ下がる。

けれど。

彼はいったい何者なのだろう。

「あ、ええと。僕は松葉幹人《まつばみきと》といいます」

苑子の心の声が聞こえたかのように、男性が名乗った。千晶にも言われたばかりだ。よほど苑子の表情が読みやすいのか、それともまた声に出して言ってしまったのか。

「松葉、幹人さん」

「はい。神主です」

「……神主？」

ぽかんとして苑子は訊き返す。

「ええ。この賀上神社《かがみじんじゃ》の神主です」

幹人は地面に転がっている苑子の弁当箱や水筒、財布を拾い集めながら答えた。

「賀上神社……あっ、すみません。ありがとうございます」

それらを慌てて受け取り、苑子は何度も頭を下げた。

「そんな謝らないで。もとはと言えば僕が驚かせてしまったんだし」

〝がうえ〟でも〝がじょう〟でもなく、〝かがみ〟と読むらしい。

（それより、この人が神主さん？）

神主って普通、着物とか袴《はかま》とかそういう恰好《かっこう》をしているものじゃないの？　ラフなモッズコートやパーカーを着てデニムパンツを穿《は》いた神主さんなんて。

でも普段着ならありえるか。お勤めのときはちゃんとした装束をしているのかもしれない。

「あの、神主さんはここで何をされてたんですか？」

「掃除です」

「掃除……」

見ると、彼が出てきた祠の脇に、箒《ほうき》とちりとり、雑巾とバケツが置いてあった。

「毎日できるだけ、本宮での勤めが一段落したこの時間帯に来て、祠を清める作業をしてます」

どうやら、ちゃんとしたお勤めだったらしい。神主にもいろんなスタイルがあるのだな、と苑子の見解はそこに落ち着いた。

ここの賀上神社は分社で、すぐ近所に本宮があるのだそうだ。

「それ、食べないんですか？」

「え？」

「お昼休憩なんでしょう？　お弁当、まだ重かったから」

「あ、はい」

「僕も一緒に食べていいですか」

お昼、まだなんです。言ってふわりと笑う。神主と聞いたからか、やけに笑顔も神々《こうごう》しい。別に彼が神様なわけじゃないのだけれど。

苑子はと言えば、内心、ぎょっとした。

きっと他意はないのだろう。自分も昼食がまだだったからそう言っただけだ。なのに、苑子の中ではいろいろと変換され、「男性にランチに誘われてしまった！」と、何だか本質とは違う心境に辿りつく。

「ど、どうぞ」

苑子はどぎまぎしながら、お弁当を広げる場所を探した。屋上にはベンチなどという気の利いた代物はひとつもなかった。

「こっちこっち」

幹人が手招きする。設備機器の建物の下に数段の段差があった。ちょうど日が当たる場所で暖かい。腰を落ち着けたところで、苑子はふと、自分のほうは名乗っていないことに気づいた。

「瀬戸です。瀬戸苑子といいます」

幹人は少しだけ目を見開き、それからきれいに表情を崩した。

「瀬戸苑子さん。よろしく」

フルネームで呼ばれ、あらためて挨拶されて、なぜか少し、照れる。

時計を見ると、休憩が半分終わっていた。急いで食べなければならない。さっきお弁当箱を落としたせいか、ふたを開けると中身が少し乱れていた。ひとりなら気にならないが、横にいる幹人の目が気になり、それを箸でちょんちょんと直す。

「いただきます」

だが幹人は見ていなかった。コートのポケットから何やら丸いものを取り出すと膝の上に置き、それに向かって丁寧に手を合わせた。

「え、神主さん。それがお昼ごはんなんですか?」

「そうですよ」

大きくかぶりついて、口の中がいっぱいだったので、正しくは「ほうですよ」だった。

「でもそれ、お饅頭《まんじゅう》ですよね」

おいしそうに頬張っているのは餡子《あんこ》がたっぷりはいった白い饅頭だった。膝の上にはあとふたつ、個包装された同じ饅頭が握られている。

「はい。昨日のお供え物です」

「は?」

お供え物?

「毎日、祠にお供え物をするでしょう？　ですから前日のものは、僕が」

神様からのお下がりを、ありがたくいただくのだという。

「そうだ。よろしければ、おひとつ、いかがですか。食後のデザートに甘いものを」

「わたしに？」

「賞味期限は大丈夫ですよ。そのあたりは気をつけていますから」

幹人は個包装の裏に記された賞味期限を苑子に見せる。

「そうじゃなくて、神主さん、お腹いっぱいにならないんじゃないですか」

言ってから気づく。よほどの甘党ではないかぎり、甘いお饅頭を三つ食べるのも大変だ。しかもぜんぶ同じ味である。

幹人が甘党かどうかは知らないが、好意だと思って受け取ることにした。

「じゃあ、いただきます。遠慮なく」

「どうぞ」

「ありがとうございます。……あの。よかったら代わりに、唐揚げ、食べませんか」

ごく自然に、そんな言葉が口から出た。

「卵焼きでも、ウインナーでもお好きなのを」

「え？」

「いえっ。あの、よかったら、です」

何だ、この展開は。

自分で言っておきながら、自分に突っ込みを入れてしまう。

「――いただきます」

幹人の指が、苑子のお弁当の中の唐揚げをひょいとつまんだ。そのままぱくりと口の中へ入れる。

「ん。おいしい。卵焼きもいいですか?」

「は、はい。どうぞ」

幹人は同じようにして卵焼きを頬張ると、やたらとじっくり、味わっていた。

「あの……お口に合いませんでしたか」

「まさか。おいしいです。ちょっと懐かしい味だなと」

懐かしい味。母親の卵焼きと味が似ているとか。

思いも寄らなかったシチュエーションに、苑子も箸を口へ運ぶ。何だか胸がいっぱいで味がよくわからない。結局、ごはんを半分、残してしまった。代わりに、もらったお饅頭を食べる。

「甘くて、おいしい」

「それはよかった」

「ごちそうさまでした。あの、わたし、そろそろ戻ります」

「じゃ、僕も」

幹人もエレベーターを使おうとしなかった。

上りほどではないが、下りもなかなか膝にくる。突如として身に起きた甘酸っぱい出来事の余韻に、それでも手放しでは浸れないほど、足が悲鳴を上げている。

だが次の瞬間、かすかなときめきの余韻も足の痛みも、一気に消え去ってしまうような光景が目に飛び込んできた。

七階まで下りたところで、その踊り場に白いものが見えた。白いコートを着た人が蹲《うずくま》っているのだとすぐにわかった。

「大丈夫ですか？」

駆け寄るのは一歩、幹人のほうが早かった。蹲っているというよりは、へたり込んでいる女性の顔色を窺う。

「すみませ……。平気ですから」

女性は幹人の手を拒む。だが俯《うつむ》いた横顔は青ざめていて、明らかに気分が悪そうだ。

「大丈夫」

と、再度、聞こえたが、それは文字どおり蚊の鳴くような声で、そう言った途端、女性はぐったりと脱力してしまった。

「え！　あの、大丈夫ですか？　しっかり！」

意識を失ってしまったらしい。

「――どうしましょ。神主さん」

うろたえる苑子を後目《しりめ》に、幹人が女性を抱え上げた。

「一階上がりましょう。八階に内科があります。瀬戸さんにもついてきてもらっていいですか。この人の荷物を持ってもらえると」

「もちろんです」

クリニックはちょうど、午前と午後の診療の間で閉まっていた。そこを、何とかして開けてもらう。幸い、医師も看護師も在室しており、女性はすぐにベッドへと寝かされた。

「脈が速いな。熱はなし。見たところ、外傷もないようだね。階段で倒れてたって？」

医師が苑子と幹人の顔を交互に見て確認する。ふたりは顔を見合わせながら、どちらからともなく頷いた。

とりあえず、しばらく様子を見ることになった。荷物もあるので、身元はわかるだろうが、目が覚めるまで待ってみようと医師は言い、苑子と幹人も、あとはクリニックに任せて戻ることにした。

「そうだ」

去り際、苑子はふと思い出した。

「その女の人、わたしが知ってるだけでも朝に二回、地下の駐車場から屋上まで階段で上り下りしてたみたいなんです」

だから、さっき倒れていたのも、もしかしたらまた下から階段で上っていたのかもしれない——。

「あ、でもわたしが見かけたのは一階とか地下一階付近で、屋上に行っていたっていう証拠はないんですけど」

だが千晶はやけに確信めいた口調で言っていた。そして、倒れていたのは七階だ。

「階段を十階以上、何回も上がり下りねえ」

医師が顎を撫《な》でる。

幹人は困惑したような表情で女性を見つめていた。

受付に戻ると、千晶がカウンター越しに、ひとりの男性へ何やら紙を一枚、差し出しているところだった。近野ビルの通行証が男性の胸のところで揺れている。

「瀬戸さん。初日から休憩時間オーバーっていい度胸じゃないの」

男性がエレベーターホールへと去るや否《いな》や、千晶の微笑みに凄《すご》みが滲《にじ》む。

一階で幹人と別れ、更衣室に荷物を置きに行ったりしていたら、十分近く遅れて戻る羽目になった。当然、千晶はおかんむりだ。ちらほらとロビーを行き交う人たちの目線があるため顔は笑顔を保っているが、声音は微妙に低く、さらに常どおり囁き声なので余計に怖い。

「すみません。急病人を見つけてしまって」

クリニックから受付に内線をかけ、遅れる旨を説明しておけばよかったのだが、そこまで気が回らなかった。

「急病人？」

苑子は白コートの女性の話を簡潔に伝えた。

「あら、松葉さんも一緒だったの。そういえば、瀬戸さんが戻る少し前に帰って行ったわね」

と、千晶は何を考えているのか、したり顔で苑子を見た。苑子はその視線をぎこちなく受け流す。

「それにしても、朝から何回も――ね。願掛けもほどほどにしないと。回数重ねればいいってものでもないし。あ、でもお百度参りってのもあるか」

千晶はそれ以上追及せず、本題に対して、ひとり納得したように呟いた。

「え？　願掛け？　お百度参り？」

苑子は言葉の端々から推測するが、はっきりとは理解できない。願掛けということは屋上にある賀上神社と関係があるのだろうか。

「どういうことですか？」

詳しい説明を千晶に求めるが、ちょうど文化教室の午後の講座があと十五分で始まる時間になり、わらわらと受講生たちが姿を見せ始めた。次は、スペイン語、マジック、書道に話し方講座である。

「あのね。屋上にある賀上神社。稲荷神社だからもともと商業の神様が祀られてるみたいなんだけど」

受講生をほぼエレベーターホールに通し、客足が途切れたところで千晶が話し始めた。

「ここ二、三年は、なぜか縁結びの神社としてもひそかに人気なのよ」

「縁結び？」

「そう。恋愛成就」

誰が言い出したのか、賀上神社にお参りすると恋が叶う、素敵な伴侶に巡り合える。

「しかも、賀上神社で結婚式を挙げると幸せになれる。絶対に離婚しないんですって」

「結婚式？　賀上神社で？」

「言っとくけど、本宮じゃなくて、あくまで分社の賀上神社。つまり」

「あの屋上で、ですか？」

あんな殺風景な場所で結婚式？

「雨が降ったら最悪ですね」

「それが、その日取りで天気が悪かったこともないらしいわ」

それも含めて幸せになれる神社なのだという。

「と言っても、知る人ぞ知る噂《うわさ》だから、実際に結婚式を挙げたカップルもここ三年で十組ほどみたいだけど」

「本当に離婚した夫婦はいないんでしょうか」

「……さあ、どうかしら。確かめようもないわよね」

千晶は他人事《ひとごと》のように言う。それはそうだろうけれど。

「でも、何で階段をわざわざ上がり下りするんですか？　お参りするだけならエレベーターを使えばいいじゃないですか」

それがずっと気になっていた。

「あの階段が、そのまま参道なのよ」

高い場所に祀られた神様をお参りするため、一歩一歩自分の足で上っていく。山の上につくられた寺社を参るために山道を登ったり、長い長い石段を上がるように。

「エレベーターで楽に上まで行ってもご利益なさそうじゃない」

それも賀上神社に願掛けにくる手順のひとつなのだという。地下の駐車場入り口から入って長い階段――参道を自分の足で上っていく。

「警備員室の警備員もそこは心得ていて、参拝に来たと言えば身元チェックなしで通してあげるんですって。たまに、この受付にも来るのよ。願掛けではなくて、普通に神社に行きたいって人たちが」

「願掛けじゃなくてですか？」

「何ていうか、マニアの人？」

「マニア……」

「屋上神社マニアというのかしら」

苑子は知らなかったが、オフィスビルや商業施設の屋上に神社がある、というのはたいして珍しいことでもないらしい。商売繁盛や鎮守《ちんじゅ》を願って祀られているのだそうだ。そういったビルの屋上にある神社ばかりを訪れるマニアがいるのだとか。

「御朱印《ごしゅいん》はないのかとかね。中にはエレベーターで行きたいっていう人もいるわ。マニアの人たちだけじゃなくて、ご年配の参拝客とか、階段は無理って人もいるしね」

なるほど。オフィスビルとひと言で言っても、来訪者はビジネスマンに限らない。けれどまさか参拝客までやってくるとは思っても見なかった。

白いコートの女性が受付を訪ねてきたのはそれから一時間半ほど経った頃だった。

「運んでくださったのが受付の方だとクリニックで聞いて——ご迷惑をおかけしました」

表情はまだ強張《こわば》っていたが、顔色はいくらかよくなっていた。

「クリニックの先生にも訊かれたんですけど、ご想像どおり、わたし、地下から屋上の賀上神社まで何回も往復してて、それで力尽きたというか……」

女性はしょぼんと肩を落とした。近くのセレクトショップに勤めている店員だという。賀上神社の噂を知り、前々から参拝を考えていた。

「わたし、明日が誕生日で」

女性は三浦《みうら》佐織《さおり》と名乗った。今年で二十九になる。つきあって二年半の彼氏は結婚も考えているはずなのに、なかなかプロポーズをしてくれない。

けれど、明日の誕生日こそは、と。

「実は、ここの屋上の神社のことを教えてくれたのは彼なんです。そこで結婚式を挙げると幸せになれるって、彼も会社の人から聞いたみたいで」

彼もこのビルの中の会社に勤めているらしい。だが佐織がその話を聞かされたのは一年以上も前なのだそうだ。結婚式の話も出て、てっきり去年の誕生日にプロポーズをされるのだと佐織は思っていたのに、具体的な話は何もなかった。

「だから今年の誕生日には絶対、って……気合いを入れすぎちゃいました。朝、店がオープンするまでにせめて二回、休憩の時間にあと一回、って。たくさんお参りすればいいってものでもないって、わかってはいたんですけど」

佐織は眉を下げ、せつなげに苦笑する。店では販売担当でずっと立ちっぱなし。足の疲労も限界で、休憩の際、七階まで上がったところで動けなくなった。日頃からの貧血も手伝ってか、気を失ってしまったのだそうだ。

「早く、店に戻らなくちゃ」

「あ、少々お待ちを。お渡ししたいものが」

佐織を引き留め、千晶がカウンターの引き出しから何かを取り出そうとする。だがその時、

「佐織！」

エレベーターのほうから男性の声がした。

「忠司《ただし》さん」

焦ったように、息せき切って走ってくる。ついさっきも見た顔だと苑子は思った。

「携帯の留守電にさっき気づいたんだ。クリニックからの伝言で佐織が倒れたって――クリニックに行ったら、さっき帰ったって言うし。佐織の携帯繋がらないし」

「あ。ごめんなさい。途中で目が覚めて、先生に連絡してほしい人はって訊かれて忠司さんとうちの店の番号を言ったの」

どうやら、忠司さんがその彼氏らしい。

「もう、平気なのか？」

「うん。その後ももうちょっと休みなさいって言われて、一時間くらい横になったから。今から店に戻る」

「送ってく」

佐織は面映《おもは》ゆそうに、苑子と千晶に頭を下げ、忠司と一緒にビルを出て行った。

「倉永さん、さっきの女性に渡したいものがあったんじゃないですか？」

「ああ、これ？　もういいの」

引き出しの中に戻しかけたものは一枚のチラシだった。

「あ、そっか。わたしが休憩から戻ってきたとき、あの忠司さんて男性に渡してたのはこのチラシだったんですね」

するとと千晶はびっくりしたように苑子を見た。

「……よく相手の顔まで覚えてたわね。イケメンじゃないのに」

「それ、失礼ですよ。忠司さんて人に」

「辻原《つじはら》忠司さんね。四階のミチノっていう商社にお勤め」

企画部の若手社員だ、とそこまで千晶は把握している。

「忠司——辻原さんも今朝、階段上ってたんです。屋上に行ったかどうかはわからないですけど」

階段室の扉を開けてすぐ通り過ぎて行った人はたしかに彼だった。四階に会社があるのなら、単に出勤に階段を使っていただけかもしれないが。

「間違いなく、屋上に行ったんでしょう。明日、プロポーズするつもりみたいだから。いい返事がもらえるように願掛けかしらね」

千晶は自信ありげに言う。けれどそれは勝手な思い込みではないのだろう。

「わざわざ昼休みに受付に来て、このパンフレットをもらいにきたんだもの」

「御朱印は置いてないのに、そういうのは用意してあるんですね」

それは、賀上神社の婚礼用パンフレットだった。

「結婚か……」

「瀬戸さん、何だか他人事みたいな言い方」

「そうですか？」

「結婚、の言葉にまるっきり感情がなかった」

「今のとこ何の予定もないんで」

「彼氏は？」

「――いません」

「作ればいいじゃない。再就職先を考える時、そこに新しい出会いがあればいいなとか考えなかった？」

「そんな余裕ありませんでした」

やけに千晶は絡んでくる。

「倉永さん、勤務中です」

「もう。瀬戸さん、つまんない」

つまんない、と言われても。

社内恋愛は、こりごりだった。それ以前に、あれは恋愛だったのだろうかと考えてしまう。少なくとも苑子は彼のことを想っていた。

前の会社の同期で営業部にいた彼とは、その同期での飲み会で初めて話した。営業職にしては人見知りで、同じくあまり社交的ではない苑子とは会話も弾まなかったが、似た者同士ではあったらしい。お互いの空気感やペースは何となく合った。その飲み会を機に、休日も仲間うちで集まることが増え、気がつくと苑子の隣にいた。彼から誘われたのは、二年目の花見のときだった。はっきりとした言葉はなかったけれど、それからはふたりで出かけるようになった。彼の部屋にも泊りにいった。

彼が苑子の仕事内容に興味を持つようになったのはいつからだろう。一緒に過ごすようになって、わりとすぐだったのではないか。年に数回、人事異動の時期になるとそれとなく苑子に探りを入れてくるようになったのは。

探りを入れる――いやな言い方だ。

けれどそうとしか言えないような口振りで苑子に訊ねるのだ。内示は出た？　誰か俺の周りの人間で移るやついる？　知ってるなら教えてくれよ。先輩に訊かれてるんだよ。おまえの彼女、人事部なんだろって。

苑子は首を振った。

実際、知らなかった。そんな重要なことは、入社の浅い苑子の耳にまで入ってはこない。内示を知るタイミングも他部署より少し早いだけだ。けれどそれを外部に漏らすことは許されない。

知らない、と答えれば彼の機嫌が悪くなるとわかっていても。

それは経営が悪化し、リストラが多くなってきてから、さらに執拗《しつよう》になった。彼はその情報が知りたいがために、苑子とつき合っているのかもしれない。そう思えてくるほどに。

——なあ、せめて俺がリストラ候補になったら、その時はちゃんと教えてくれよなだんだんと、彼と一緒にいるのが苦痛になってきた。

別れは突然だったが、心のどこかで覚悟はしていた。会社の経営破綻を彼が知ったのは、ほかの社員と同じタイミングだった。

苑子は一日前に知っていた。その前から薄々勘づいていた。けれど、彼には告げていなかった。口外するな、と上司にも言われていたからだ。

彼はひどく苑子をののしった。それ以来、連絡も途絶えた。苑子からも連絡しなかった。

　新しい就職先が決まったらしいと同期仲間から知らされたが、よかったね、という言葉くらいしか出て来なかった。

　三年もつき合っていたのに、驚くほど未練がなかった。

　花見の夜のことが、遠い昔のことのように思えた。

　だから、さっきは驚いたのだ。

　出会ったばかりの男性に、わずかながらも心が動いてしまったことに。

「あ。そうだ。松葉さんは？」

「え？」

「出会い」

「いえ、あの」

　その心を見透かされたみたいで、どぎまぎする。

「お父さんがこの近くの賀上神社本宮の神主で、松葉さんは上の分社の神主。兄弟はいないから、そのうち本宮も継ぐでしょう。三十一歳。独身男子よ――子持ちだけど」

　動揺する苑子に、千晶は幹人の情報を畳みかけ、さらりと最後にそう付け加える。

「……え？」

「シングルファーザーなの」

子待ち

1

麻由実から着信があったのは金曜日の夜だった。

会社で苑子の歓迎会を開いてくれることになり、都合のついた十数人が集まった。最初のうちこそいろんな顔が苑子のコップにビールを注《つ》ぎにやってきて、苑子もまた席を回ってお酌をしていたが、途中からは単なる飲み会になっていた。

さっぱりした社風なのか、二次会もなく、飲み足りない連中だけが次の店へと流れていき、千晶が帰ると言うので苑子もその足で駅に向かった。

ホームで着信に気づいたが、出る寸前に切れてしまった。家の最寄駅《もよりえき》に着き、静かな住宅街へ入ったところで、掛け直す。ちょうど、就活中に前の会社の人事係長と遭遇したコンビニの前だった。

「――あ、瀬戸ちゃん」

「すみません。掛け直すのが遅くなって」

「ええよ。再就職決まってんて？　よかったやん」

「ありがとうございます」

「でもせっかくのアドバイスは役に立たへんかってんね」

「それが、そうでもないんです」

さっきの歓迎会の席で真辺と話す機会があり、なぜ自分が受付担当になったのかを訊《たず》ねた。

「は？　瀬戸ちゃんが受付嬢？」

「いえ、受付担当です。嬢、は付きません。わたしに関しては」

「そやな。想像できひんわ」

「……最初は求人どおり、一般事務で採用するつもりだったそうなんですけど、面接で履歴書を見て、長所欄のところが目に留まったんですって」

と同時に、受付の派遣社員から人を増やしてくれと言われ続けていたことを思い出したのだそうだ。人の顔を覚えるのが得意なら、受付をやらせてみたらどうかと安易に考えたらしい。

「まあ、お酒の席のことなんで本当のところはわかりませんけど」

このご時世、余分に人を雇う余裕など、どこの会社にもないだろう。それならば実際に求められていた一般事務要員はどうなったのか。それも結局はわからない。

それから家に着くまでの間、苑子はこの一週間の報告をつらつらと麻由実に話した。

歓迎会で勧められるままグラスを空けていたから、少し酔いが回っていたのかもしれない。

思っていたのと違う制服を渡されてびっくりしたこと。文化教室の受講生チェックが大変なこと。屋上にある神社のこと。実は前に面接で落とされた会社のビルから見えた鳥居で、もしかしたらそれに願掛けをしたから再就職が決まったのかもしれないこと——。

「縁結びの神社なんですって。それでね、安達さん。その賀上神社に行くには地下二階の駐車場から参道である階段を十階以上、上がらないといけないんです」

「へえ。面白いね。十階も上ったらご利益ありそう。わたしも行ってみよかなあ」

「何言ってんですか。安達さん、もう結婚してるじゃないですか。それで、そこにはちょっと変わった神主さんが——」

そこまで話したとき、自宅の前に着いた。話し続けて、通り過ぎてしまうところだった。やっぱり飲みすぎてしまったようだ。

「神主さん？」

訊《き》き返されて、一瞬はっと酔いが醒《さ》めた。口が滑ってしまった——なぜかそんなことを思った。

「何でもないです」

麻由実にもう一度、お礼を言って通話を切る。

そういえば、麻由実の声にいつもの覇気がなかったような気がする。とりとめもない苑子の長話にも珍しくつき合ってくれた。ふと苑子がそう思ったのは、再び霞《かすみ》がかかってきたような頭で寝支度を終え、布団に潜り込んで微睡《まどろ》む一瞬手前のことだった。


「毎日、甘いものばかりで飽きませんか」

「うん。神様のおこぼれですしね。ありがたくいただいてます。文句を言うのも贅沢《ぜいたく》でしょう?」

イエスともノーとも取れる返事だ。今日の幹人の昼食は最中《もなか》だった。

「でも中身は餡子《あんこ》だけじゃないんですよ。ほら、これはラムレーズン入り。もうひとつは栗《くり》が入ってる」

ご丁寧に半分に割って見せてくれる。

「瀬戸さんがいつもおかずをくれるんで、甘いのとしょっぱいのといいバランスです」

この屋上で出会って二週間。

苑子の昼休憩も幹人の祠《ほこら》掃除も時間が決まっているわけではないので、毎日顔を合わせることはない。すれ違いになることもあれば、本宮でのお勤めが忙しく、掃除に来られない日もあるようだ。前にばったり階段室の扉のところでぶつかりかけた時はたまたま一階の玄関からビルに入ったが、いつもは地下駐車場の入り口から入り、そのまま階段を上がることが多いらしい。

そんなこんなでいろんな条件はあれど、それらが重なってここで居合わせれば、ふたりは設備機器の建物の段差に並んで座って一緒に食べる。

顔を合わせたのは今日で四回目だろうか。

平日五日で二週間。十日のうちに四回。多いのか少ないのか。

苑子のお弁当からおかずをひとつかふたつ、幹人に食べてもらうのも特別ではなくなってきた。会えるかどうかもわからないのに、塩味のきいたおかずを多めに入れるようになったのは、無意識か否《いな》か。

苑子にもよくわからない。

瀬戸家の卵焼きは甘いはずだったのに、今朝、醬油《しょうゆ》を多めに混ぜてしまった自分に気づき、愕然《がくぜん》としたことは内緒だ。卵焼きの味が変わった、と幹人に知られてしまったらどうすればいいのだろう。

——お弁当。神主さんの分も作ってきましょうか？

ふと、そんな言葉が口をついて出そうになった。

「いいんですか？」

「えっ」

「このハンバーグもいただいて」

「あ。もちろん。どうぞ」

びっくりした。またうっかり声に出してしまったのかと思った。幹人は栗最中を半分かじった後にハンバーグを食べ、そして残りの最中を口に放り込む。

そんなにうれしそうな顔をされると、困る。

呑《の》み込んだ言葉が再び出てきそうだ。

（――いやいや。わたしたちは時間を示し合わせて会うような仲ではないのだから）

そう自分に言い聞かせる。そのくせ、今日が四回目だと正確な日数を覚えていたり、幹人におすそ分けするのを前提で爪楊枝《つまようじ》を用意しているわたしって。

知らず知らずのうちに浮足立っている自分がいて、それにブレーキをかける自分もいる。

前の恋愛で傷ついたという感覚はなかった。

残ったのは傷ではなく疲労だ。

再就職活動の疲れもあり、気力が回復し、通常の生活を取り戻すまでは恋をする態勢にもなれないと思っていた。まだ新しい環境に慣れる途中で、日常にはなりきっていない。そんな状況だというのに、それでもそういう感情は生まれるものなのか。ブレーキをかけているのは千晶から聞いた話だろう。

シングルファーザー。

こうして話していると忘れそうになるが、彼には七歳になる息子がいる。奥さんは三年前に亡くなったそうだ。恋の相手としては、なかなかハードルが高い。

そしてそのことを、幹人の口から聞いたことはなかった。そういう話題になったことがないからか、それとも。

きっと苑子のことを、単なるランチ仲間だとしか思っていないのだろう。

「そういえば、これ。この後ろ姿ってもしかして神主さんですか」

苑子は制服のジャケットのポケットから一枚の紙を取り出した。なぜか千晶に押しつけられた、賀上神社の婚礼用パンフレットだ。写っているのはここの分社で執り行われている婚礼風景らしい。鳥居の下で寄り添う和装の新郎新婦の手前に、後ろ姿の神主が体三分の一だけ写り込んでいる。

「そうですね……僕です」

「へええ」

苑子はパンフレットの神主と幹人をまじまじと見比べながら、ひそかに感嘆した。今日もラフなコートにデニムパンツという出《い》で立《た》ちだが、こういうちゃんとした神主の恰《かっ》好《こう》もするのだ。

「このパンフレット、久しぶりに見ました。もう、十年くらい前の式を撮ったものです」

幹人は懐かしそうに眺めている。その幹人を眺めている苑子の視線に気づいたのか、視線がパンフレットから苑子に移った。

「何ですか？」

「い、いいえ。神主さんの恰好をした神主さんも見てみたいなって」

「……瀬戸さん、ご結婚のご予定は」

「え」

「うちで婚礼の儀を挙げるなら、僕が神主をしてさしあげます」

「な、ないですないです」

「そうですか」

あっさりと返される。本宮ではどうなのだろう。お勤めのときは着物に袴《はかま》だったりしないのだろうか。苑子が訊ねると、

「そういうときも、あります」

最中を包んでいた和紙を丁寧に折りながら、幹人は答えた。

「この賀上神社は縁結びにご利益があるんですね」

「いつのまにか、そういうことになってるみたいです。ここでの婚礼の儀を始めたのは

先代——僕の父ですけど」

「神主さんは二代目なんですね」

「ええまあ、分社では。本宮では七代目になります」

「七代目」

と聞いてもぴんとこない。けれどけっこう古い神社なのだろう。

「初めてここで婚礼の儀を挙げたのは、このビルの前の持ち主の社長のご子息だったそうですよ。今からたぶん、二十年くらい前の話です」

「前の持ち主ってことは、崎田商事の社長の息子さん」

「はい」

自社ビルを持つ会社社長の息子の結婚式にしては、場所的にひどくささやかというか、しょぼいというか……。

「披露宴はちゃんと一流ホテルの何とかの間を貸し切って開いたそうです」

くすくすと幹人が笑う。

ああまた。表情を読まれてしまったようだ。

「で、でも。それだけ、愛着があるものなんでしょうね。自社ビルって」

だから売り渡すときは断腸の思いだっただろう。残ったのはビルのワンフロアと、この賀上神社だけ。

「うちも廃社になりかけたそうですが、そこは新オーナーの計らいで、好きにしていいという話になりました。社《やしろ》自体はうちの管轄ですが、土地を所有しているのはビルのオーナーの近野さんだし、管理しているのは須田メンテナンスさんです」

供え物や賽銭《さいせん》は賀上神社のものだが、管理者がビルの鍵を開けてくれないと、参拝もできない。幹人でさえ、社にも行けない。

「ややこしいですけど、いわばこちらに間借りしているようなものです。ありがたいことに、最近参拝してくださる方が増えてるようでして、地下の警備室のみなさんも快く受付してくださってます。でも」

幹人は眉毛を下げ、ため息をついた。

「縁結びの社として参拝していただくのはありがたいことですけど、この前のようなことになると困りますね」

佐織のことを言っているのだろう。願掛けにきて、参道で倒れてしまっては元も子もない。彼女が無事に目覚めた後、賀上神社の本宮へもクリニックから連絡が行ったそうだ。

「きっと、ここで結婚式も挙げると思います」

あの時の様子からして、きっと忠司は佐織にプロポーズをしたはずだ。

「じゃあ、ひょっとしたら昨日連絡をくれた方かもしれません」

「え？」

「三月くらいに式を挙げたいと。この分社にもお参りいただいたとおっしゃっていましたから。ああ。でしたらその時に瀬戸さんのご要望も叶《かな》うかもしれませんね」

「わたしの要望？」

「できた」

苑子が問い返した声は聞こえなかったのか、徐《おもむろ》に幹人が立ち上がった。そろそろ本宮に戻る時間らしい。

「あげます。おかずのお礼に」

苑子のお弁当箱のふたの上に、幹人が何かを置いた。和菓子の包み紙で折った鶴《つる》だった。親指の爪《つめ》の先ほどの大きさで、不恰好ではないが左右の羽の大きさが違う。なのに、どこか愛らしい。家でも息子に折ってあげたりしているのだろうか。

「……ありがとうございます」

幹人が行ってしまってから、苑子は折鶴を財布のポケットに入れた。

更衣室に戻ると、苑子の三つ横、十四番のロッカーの前に若い女の子がいた。

「あ、お疲れさまです」

ぺこりと頭を下げられ、苑子も同じ挨拶を返す。初めて見る顔だった。この二週間で、就業前も後も、就業中も見たことがない。もしかしたら新しく一般事務で雇用された人かもしれない。

　でも、どう考えても、彼女のほうが受付に適任のように思えた。

　年は二十《はたち》前後だろうか。肩下までのストレートヘアは艶《つや》がありサラサラだ。肌もきれいで、薄化粧でも整った顔立ちをしている。コートの下は白いニットワンピース。清楚《せいそ》で、千晶とはまた違った華やかさがあった。

　あまりじろじろ見るのも悪いかと、荷物をロッカーの中に戻し、更衣室を出る。それにしても今頃着替えているということは、出勤してきたところなのか、仕事を終えて帰るところなのか。だとしたらアルバイトかパート社員だろう。須田メンテナンスの求人情報に、正社員だけではなく非常勤も求むと書いてあったのを思い出した。

　一階フロアに戻ると、なぜか受付カウンターが無人だった。時計を見る。ちゃんと休憩時間内だ。

　まさか、トイレがどうしても我慢できなくなったのだろうか。思わず、トイレがあるフロアの奥に顔を向けたが、千晶の声はまったく逆のほうから聞こえてきた。

「危ないから、ここは走ってはいけませんよー」

　ラウンジから響いてくるのはいつもの千晶より数倍柔らかい猫なで声だ。けれど、同時にそこはかとない怒気も滲《にじ》んでいる。

小さな子どもがふたり、ロビーを走り回っていた。幼稚園児くらいの男の子と、それより下の女の子である。広いフロアに声が響くのがうれしいらしく、きゃあきゃあ言いながら苑子の横を駆け抜けていく。

「どうしたんですか、倉永さん」

「見てのとおりよ」

「どちらのお子さまですか」

「七階の崎田商事さんとこの専務さんのお身内」

囁《ささや》き声と笑顔の裏には苛立《いらだ》ちが滲んでおり、そのお身内に向けられる視線からは、あのくそがきども、という念が出ている。

崎田商事の専務の妻が、孫を連れてやってきたのだそうだ。だが遊びにきたわけではない。専務が家に忘れてきた弁当をわざわざ持ってきたのだという。

「は？　お弁当、ですか」

「奥さんの作るお弁当じゃないと嫌なんですって」

妻も妻で、自分で夫に渡したいといって聞かない。重役である夫は来客中で受付まで下りてくる時間がない。だったら接客が終わるまでここで待てばいいだろうに、七階まで行って、専務室の前で待つ、と傍迷惑《はためいわく》なことを言い出した。

「その間、連れてきたお孫さんたちを見ているように言われたの」

ふたりは兄妹らしいが、とにかくやりたい放題だ。

「──ほらあ。危ないですよー。ここの床は堅いので転んだら痛いですよー」

満面の笑みで注意する千晶の頰が引き攣《つ》っている。そうこうしている間に、下の子が転んだ。膝を打ったらしく、泣き声がロビー中に広がる。慌てて千晶が駆け寄り、抱き上げるが、女の子は泣き止《や》まない。

兄である男の子は知らんぷりだ。ガラスにぺたぺた掌《てのひら》を押し当て、うっすら手形が付くのを喜んでいる。と思ったら、嚙《か》んでいたガムを口から取り出し、床にぎゅっと押しつけた。それを指で四方に広げて遊び始める。何て悪がきだ。

コラッと叱り飛ばしたくなるのをぐっと堪《こら》え、とりあえずほかの訪問客に迷惑が掛からないように目を光らせる。転んだ女の子はようやく泣き止み、千晶に抱かれながらうつらうつらし出した。

間の悪いことに、寝息を立て始めたところに専務夫人が戻ってきた。髪を黒々と染めた五十代ほどの女性で、仕立てのよさそうなツイードのスーツを着ている。そこからまたひと騒動だ。眠りを妨げられて再び機嫌が悪くなった女の子が、足が痛いとぐずり、事の顚末《てんまつ》を聞いた夫人は、

「まあ、千晶さん。目を離さないように言ったのに転ばせるなんて」

と一方的に捲《まく》し立てた。

奪うように千晶の腕から女の子を引き剝《は》がし、早く帰りたいと騒ぐ男の子の腕を引っ張ると、千晶に礼も言わずに帰っていく。

自動ドアのむこうには一台のタクシーが三人を待っていた。順に乗り込み、後部座席のドアが閉じられたのを見届けたあと、どっと疲れが襲ってきた。旅行会社から出てきた客たちに同情めいた視線を向けられるが、千晶は何事もなかったかのように姿勢を正し、完璧な会釈で受け流した。

「お知り合いなんですか？　今、千晶さんって」

「……たまにいらっしゃるのよ。主人がお弁当を忘れたのって」

どうやら、初めてではないらしい。

「孫を連れてきたのは二回目よ。娘さんが出かけるときはよく預かるんですって。前は無理を押し通して、孫も一緒に七階のオフィスまで行ったのよ。さっきみたいに散々騒ぎまわって社員の仕事の邪魔をしたから、今日は下で待機させるように専務さんの秘書に言われたの。ああ疲れた」

「どうしましょう。これ」

苑子は床に貼りついたガムを指さした。

「清掃スタッフの人に任せましょう。お客様が踏まないように早く――ああ、ちょうどいいところに」

千晶がエレベーターホールに向かって手を挙げる。緑色のカバーをかけた大きな運搬カートを押しながら、清掃員がやってきた。

苑子が知るかぎり、このビルの清掃員は三人いる。みな、薄いグレーのつなぎの作業着に、キャップを被《かぶ》っている。マスク着用で顔の半分は隠れているが、年配の男性がひとりと四十代と思《おぼ》しき女性がひとり。あとひとり、年齢が今ひとつよくわからない女性清掃員がいる。

苑子はまだ挨拶程度にしか言葉を交わしたことはないが、三人とも須田メンテナンスの契約社員で、勤務時間もまちまちだ。

現れたのは、年齢不詳の女性清掃員だった。年齢がはっきりしないのは、マスクに加え、黒縁のメガネも掛けており、ほぼ顔が見えないせいだ。

サイズの大きい作業着にゴム手袋。首まわりには白いタオルを巻いており、髪の毛はまとめてキャップの中に納めている。首から下げた通行証も邪魔にならないように作業服の胸ポケットに仕舞い、完璧な作業スタイルである。

「有来《ゆき》ちゃん。これ、取れるかしら。ついさっき、子どもがいたずらしたんだけれど」

「大丈夫ですよ」

マスク越しに、くぐもった女性の声がする。有来という名前なのか。千晶がちゃん付けするということは少なくとも彼女よりは年下なのだろう。

有来はスプレーに入った液体をしゅっと吹きかけてから、腰に巻いた作業バッグからヘラのようなものを取り出した。手慣れた様子でガムを剝がしていく。

「あ、すごい手形」

腰を上げた有来はすぐさまガラスの汚れにも気づき、カートの中から雑巾と別のクリーナーを取り出した。

受付カウンターに戻っても、千晶はまだ有来のほうを眺めていた。

「有来さんがどうかしたんですか？」

「うーん。不思議なのよね。あんな若い子が何で清掃のアルバイトなんてしてるのか」

「若いんですか」

「大学の一年生」

山内《やまうち》有来はここでアルバイトを始めてまだ数週間らしい。作業着を着ているとわからないだろうが、実は今時の小奇麗な女子大生なのだそうだ。

聞いて、思い当たる節があった。

「……もしかして、有来さんのロッカーって十四番ですか」

「番号までは知らないけど、わたしのちょうど向かいくらいよ」

千晶のロッカーは苑子の斜め後ろである。だったらやっぱり。

あのきれいな女の子が有来ということだ。ロッカーで見かけた顔かたちを思い出せば、黒縁メガネとマスクの下の面立ちも容易に思い描くことができる。たしかに同一人物だと苑子は確信した。

同時に、千晶の疑問には苑子も大いに頷《うなず》いてしまう。ほかにもたくさんある業種の中でなぜ清掃員という地味な仕事を選んだのか。オシャレなカフェや飲食店、アパレルショップの店員だって似合いそうだ。

（もしかして、接客業が苦手とか）

てきぱきとガラス清掃も終え、床に落ちた小さな埃《ほこり》も見逃さないように視線を下に這《は》わせている。ひとしきり、チェックを終えると、ロビーの隅に置かれた観葉植物の葉を一枚一枚、拭き始めた。どれも丁寧な作業だった。

「ああそうだ。瀬戸さん。明日の午後二時から、第一貸会議室の予約入ってるから手伝うようにって真辺さんからの伝言」

「貸会議室ですか？」

「そう。どっかの会社のセミナーで使うんですって」

十階には貸会議室が二室あり、須田メンテナンスが直接管理している。第一貸会議室のほうが第二貸会議室より広い。図面を見るとちょうど倍の大きさだ。

主にテナントに入っている会社が取引先を招いての合同ミーティングを開いたり、就職説明会を行ったりするそうだが、それ以外の会社や団体も予約すれば使用することができる。もちろん、宗教や思想、政治団体や反社会的勢力に所属する団体などの使用は一切お断りである。

明日はテナント外の会社が使用するらしい。

「テナント内の会社が使用する場合は、来訪者の受付も貸会議室の準備も、各会社でしてもらうんだけど、外の会社のときは、基本的に須田メンテナンスが仕切ることになってるの」

机や椅子、その他もろもろのセッティング、鍵の開閉などを総務部の下っ端がするのだという。

「下っ端」

「うん。瀬戸さん」

苑子が自分に指を向けると、千晶がにっこりと頷いた。

「大丈夫。あとひとりくらいは誰かいると思うから。これがその会社の概要とセミナーの内容。こっちが来訪者の名簿」

二時に始まり四時に終わる予定だという。後片付けも当然、しなければならない。受付だからと言って、ただずっとカウンターに座っていればいい、というものではないのだ。落ち着いて座っていられる時間のほうが少ないくらいである。三か月もの間、よく千晶ひとりでこなしていたものだと思う。

二週間かけて、ようやく苑子は近野ビルのフロアマップを頭に入れたところだった。まだまだ細かいところまでは覚えきれず、少しでも暇があれば、ファイルを開いて各会社の基本データを眺めている。顔を覚えるのは得意でも、名前や数字をインプットするのは苦手だ。だが、テナントの責任者や社長重役の名前くらいは覚えておけと千晶に言われている。

「あの。これ」

セミナーの会社のデータに目を通していると、有来がやってきた。ゴム手袋を取り、マスクを顎のところまでずらす。紛れもなく、ロッカーで見かけた女の子だった。ゴム手袋の下は千晶と同様、きれいに手入れされた手指だった。ネイルにはラインストーンまで入っている。

ますますもって、なぜ清掃員なのか。謎である。

「ラウンジのソファの下に落ちてたんですけど」

有来がカウンターに置いたのはおもちゃの指輪だった。苑子の小指にも入らなさそうな小さなリングで、飾りのプラスチックの宝石だけがやたらと大きい。

「さっきの女の子の落とし物かしら」

「もしかしたらすごく大事なものかもしれません」

真剣な顔で有来は言う。

「預かっておきますね」

そう千晶も頷いた時だ。玄関の前にタクシーが止まった。先ほどの専務夫人が孫の妹のほうだけ連れて戻ってくる。

「この子が指輪をここで失《な》くしたって言うのよ」

「それ！」

女の子がカウンターの上の指輪を見つけて叫ぶ。祖母の腕の中でもがくのを見かねたのか、有来が指輪を取り、女の子に渡そうとした。女の子は受け取るのではなく右手をぱっと差し出した。

「どの指？」

「お母さん指」

言われるまま、有来は女の子の人差し指に指輪をはめてやった。たちまちぱあっと顔を輝かせ、ご機嫌になる。

「あら、あなた」

専務の妻が、そんな有来をじっと見つめていた。

「もしかして有来ちゃんじゃない？」

有来は驚いたように顔を上げた。

「いえ。違います」

だがすぐに目を伏せ、否定する。マスクを引き上げ、「失礼します」と頭をひとつ下げると、掃除カートを押しながら行ってしまった。

専務夫人もすぐに興味を失くしたようだ。疲れた様子でタクシーに戻っていく。

「どうして有来さん、嘘《うそ》をついたんでしょうね」

「さあ」

苑子と千晶は互いに首を捻《ひね》りながら顔を見合わせた。

2

翌日、セミナーの準備と後片付けを苑子と一緒にしたのはロッカーが隣の美冬だった。総務部庶務課に在籍している美冬は入社二年目で、須田メンテナンスの中でもいちばん下っ端なのだという。

それでも苑子よりは先輩だ。段取りのあれやこれやをてきぱきと苑子に指示し、セミナーは滞りなく終わった。

セミナー参加者と主催会社の担当者を送り出してから、机の上の空のペットボトルを回収し、忘れ物等がないかチェックする。ホワイトボードは書かれた文字を消して壁に寄せ、折り畳み式の机と椅子を片づけたところで、ドアから誰かが覗《のぞ》き込んでいることに気づいた。

「あの」

ひょっこりと顔を出していたのは有来だった。

「有来さん。……あ、山内さん。ごめんなさい。倉永さんがそう呼んでたから」

いきなり名前呼びは馴《な》れ馴《な》れしいだろう。だが有来は黒縁メガネのむこうの瞳をふわりと細めた。

「いいです。有来で。それより、ここ——清掃させてもらってもいいですか？」

「ここって。貸会議室ですか？」

「はい」

貸会議室は通常、鍵が閉まっている。使用する場合にのみ開放されるので、清掃員が中を掃除する機会も少ないという。

美冬に訊ねると、もちろん構わないという返事だ。だが庶務の仕事が山積みなので早くオフィスに戻らなければならない。

苑子が責任を持ってここの施錠をするように言われ、鍵を手渡された。鍵は総務部で管理しているという。

「すみません。十分くらいで終わると思うんで」

有来はぺこんと頭を下げ、早速作業に取りかかった。

第一貸会議室は須田メンテナンスのフロアと同じくらいの広さがあり、一面に薄茶色のタイルカーペットが敷きつめられている。後方の壁際にオフィス用のスチール棚やキャビネットが並んでおり、脇に、先ほど折り畳んだ机と椅子のかたまりがある以外はぽっかりとしたスペースが広がっていた。

有来はいつもの運搬カートではなく、業務用の掃除機を持参していた。ゴム手袋ではなく軍手だ。重そうな掃除機を引き連れながら、端からカーペットの上を掃除していく。手持ち無沙汰《ぶさた》で掃除が終わるのを待つ苑子は、邪魔にならないよう掃除機のコードを避けながら室内の隅に寄った。

——何で、清掃員のアルバイトをしようと思ったんですか？

そう訊ねてみたくなったが、黙々とノズルを前後させている有来に話しかけることはできなかった。声をかけたところで、業務用掃除機の騒音はかなりのもので、有来の耳には届かないだろう。

だが苑子の視線を感じたのか、有来が手を止め、こちらを振り向いた。掃除機のスイッチを切り、首を傾《かし》げる。

「あ、ええと」

仕事の邪魔をしてまで問うことでもなかったが、この際なので訊いてみる。すると有来は面倒くさがりもせず、

「好きなんです。掃除」

そんなシンプルな答えを返した。

「うちの家族、みんな掃除が嫌いなんですよね。嫌いというか苦手というか、掃除の仕方がわからないというか。父も、姉たちも」

だから家でも有来が率先して掃除をしている。苦にならないどころか、隅々まできれいになっていくのがうれしいのだという。

「狭い家だから片づけないと暮らせないし、どうせなら気持ちよく住みたいじゃないですか」

そこに母親の話が出てこなかったことが少し気になったが、加えて訊ねるのも気が引けた。苑子が納得した顔をすると、有来は再び掃除機のスイッチを入れた。

終わるまで十分くらいだというので、その間、廊下に出ていることにした。何気なくポケットに入れていたスマホを確認すると、麻由実からメールが来ていた。

〝瀬戸ちゃんが勤めてるのって近野ビルやったっけ？〟

相変わらずの短文だ。前後がないので状況はわからないが、訊ねたいことがそれなのだろう。着信時間を見ると一時間ほど前だ。

〝そうですよ〟

とだけ苑子も返してから、はて、麻由実にビルの名前まで言っただろうかと考える。言ったかもしれない。先々週の金曜の夜は酔いが回っていて、正直、電話でどういうことを麻由実に話したのか細かいところまでは覚えていなかった。

気がつくと、掃除機の音が消えていた。

まだ十分も経っていないが、終わったのだろうか。

苑子は貸会議室に戻った。だがどういうわけか、そこに有来の姿が見当たらない。掃除機だけがフロアの真ん中にぽつんと放置されていた。

（あれ、有来さん、どこへ行ったの――）

見渡すと、後方のスチール棚が大きく斜めに傾いており、壁との間から作業着の片足だけが飛び出ていた。

「どっ、どうしたんですか？」

苑子は驚いて駆け寄る。その声に有来も驚いたのか、身じろぎした拍子に棚に当たり、大きく棚全体が揺れた。

「大丈夫ですか？」

「は、はい。すみません」

「何してたんですか」

「あの……ヘアピンが」

「ヘアピン？」

「もう、平気です。お騒がせしてごめんなさい」

壁と棚の間から後ろ向きに這い出してきた有来の軍手の指には細い黒のヘアピンがあった。髪をまとめていたヘアピンが何かに引っかかってとれてしまい、運悪くスチール棚の後ろに落ちてしまったのだそうだ。手前のほうに落ちていたのに、横着をして軍手のまま取ろうとしたら、誤って奥へ奥へと自分で追いやってしまった。それでスチール棚ごと動かしたのだという。

有来のキャップの下はポニーテールらしい。解《ほど》け落ちていたひと房の後れ毛を、拾ったヘアピンで留め直す。

「お騒がせしました」

有来は恥ずかしそうに言って立ち上がり、スチール棚を元に戻した。

「掃除は終わったので後の施錠お願いします。あっ、このゴミも持っていきますね」

空のペットボトルを入れたゴミ袋を手に取ると、掃除機を連れて、足早に出て行ってしまう。

苑子は貸会議室の鍵を閉め、階段室に向かった。セミナーの片づけが終わったら、ついでに各階のフロアを巡回してくるよう千晶に言われていた。

マップ上で各会社の位置などを頭に入れるのと、実際に目で見て把握するのはまた別の話だから、と。

地震や火事など、災害時にビル内の人間を避難誘導するのも、受付担当、のみならず、ビルを管理する須田メンテナンス社員の仕事なのだ。

まずは一階下の九階に下り、フロアに二か所ある非常口を探す。

ひとつは苑子がいつも使っている、賀上神社の参道でもある階段室だ。もうひとつはそれとは反対側、地下一階で言うと、ちょうど須田メンテナンスの更衣室の横にある非常口である。九階では、六つある文化教室の部屋のうち、第五教室の脇にあるはずだった。

それを確認しに向かっていると、各教室から講師らしき人の声音や、受講生たちの息づかいが聞こえてくる。

（ええと。今は何の教室をしているんだっけ）

セミナーの途中に午後二回目の受講生の受講証チェックがあったが、その時だけ苑子も受付に戻っていた。

講座は月二回、隔週のものが多いので、まだまだ初めて聞くような講座名ばかりだ。また、講座はだいたい数か月単位のものが大半だが、一度あるいは二度かぎりの体験講座もあった。ワークショップというものだ。その場合はビジター扱いとなり、受講証はなく、事前に申し込みのあった参加者のリストで名前を照合する、というチェックになる。

第一教室は「聖書を読み解く」、第二教室は「〇〇式呼吸法」、第三、第四教室はこの時間、講座はなく、しんとしていた。第五教室がたしか、ワークショップだったはずだ。そして第六教室が「美しく見えるマナー講座」である。

廊下の突き当たりが非常口だった。お決まりの緑色の誘導灯を見つけたと同時に、その手前にある第五教室の中が目に入った。ドアが全開にされており、かすかに絵具のようなにおいが漂ってくる。

何気なく覗くと、年配の男性と目が合った。

ワークショップの講師だ、と思い出す。

内容は——そう。「こけしの絵付け」だった。

ビルに入ってきたとき、大きなショルダーバッグを担いでいた。受付で、男性のほうからバッグを開け、中身を見せてくれたのだ。一見、得体の知れない白木の棒がたくさん入っていた。

——みず木です。こけしを作るんで

よく見ると、棒状の途中にくびれがあり、そこから先が丸くなっている。顔と胴体というわけだ。こけしの形をした白木に、受講生が絵具で顔や模様を描いていく、という体験講座のようだった。

「よかったら見ていきませんか」

何を思ったのか、講師がそう言って苑子を教室の中へ誘う。

「いえ、わたしは」

「勤務中ですか」

「そうなんです」

「でも、ちょっとだけ」

ただドアが開いていたからちらっと様子を見ただけだ。なのに、こけしの絵付けに興味がある、とでも勘違いしたのか、老講師は柔らかい物腰ながら少し強引に苑子を引き入れた。

少しだけなら寄り道もいいか。

(こけしにはこれっぽっちも興味はないけれど――)

受講生は全部で七人いた。五十代から七十代ほどの男女が、一心にこけしの顔を描いている。

ホワイトボードには講座の予定が書かれてあった。受講回数は二回。今日と明後日《あさって》の木曜日の午後三時半から五時。一回目の今日はこけしの由来、歴史について。こけしの顔部分の絵付け。明後日は体部分の絵付け。

「どう? 上手《うま》くできてると思わない?」

急に、話しかけられた。いちばん前の長テーブルで絵付けしていた五十代ほどの女性だ。上手いのかどうか判断できないが、見せられたこけしの頭部には、立派な眉とつぶらな瞳が並んでいる。顔のまわりに描かれているのは髪の毛だろうか。どのような髪型を想定しているのかはよくわからない。でも、ふさふさだというのはわかる。眉毛ばかりが強調された顔だちだが、それも愛嬌《あいきょう》があると思えるのはこけし自体のフォルムのせいかもしれない。

「かわいらしいですね」

「孫にそっくりでしょう」

お孫さんは存じ上げませんが、という言葉を呑み込み、笑顔で頷く。三歳になる孫へのプレゼントにするのだという。

「それは素敵ですね」

「わたしはね。お嫁さんにあげるのよ」

その後ろからも声が掛かった。

「お嫁さんに、ですか」

もう少し年配の、六十代ほどの女性だ。

「先生はこけしの由来はいろいろあるっておっしゃったけれど、わたしの主人の田舎……仙台の、とある地方ではこけしは子授けの縁起物なの」

女性は半ばひとり言のように呟《つぶや》きながら、真剣に目を描いていた。

「うちのお嫁さん、次男の嫁なんだけれど、なかなか子が授からなくてねえ。病院でも診てもらっているんだけれどうまくいかなくて」

「はあ……」

何となく、返答に困りながらも、女性の持つ絵筆に目が行ってしまう。慎重な筆運びだ。きっと、念を込めながら描いているのだろう。顔のパーツが全部描き込まれるのを、なぜか苑子まで、じっと見守ってしまった。

「できた。どう？　目は次男。鼻筋はお嫁さんに似せてみたのよ。こういう子が授かるかしら」

今度こそ返事ができず、その席を離れる。

なりゆきでほかの受講者の作品も見て回った。細い山形の眉に同じく細い一重の瞳。小さな鼻におちょぼ口――手本があるのか、先ほどの女性たちを含め、皆、典型的なこけし顔を描いているようだ。けれど、やはり個性はある。孫や息子、嫁のように、思い描く顔があるのだろう。

教室の時計を見ると、思いのほか、時間が経っていた。苑子は講師に会釈をし、そそくさと教室を後にした。

「ねえ、あなた。ここの屋上に神社があるって聞いたのだけど」

その後もペースを上げて二階まで巡回し、貸会議室の鍵をオフィスへ返し、受付に戻った頃には終業時間も間近だった。

ちょうど文化教室もそれぞれ終わった時刻だったらしく、エレベーターからは続々と受講生たちが出てきていた。

その中のひとりが苑子を見つけ、近づいてくるなりそう訊ねた。絵付けしたこけしを次男の嫁に渡すと言っていた女性だった。

「はい。賀上神社というお社がございます」

「先生がおっしゃっていたんだけど、とってもご利益があるんですってね。どんなご利益があるの?」

「ええと、商売繁盛ですとか、このところは縁結びですとか」

「じゃあ、出来あがったら、このこけしをそちらに祀《まつ》ってもらおうかしら」

「え?」

「ご利益があるかもしれないでしょう?」

とはこの場合、次男夫婦に子が授かる、ということだろうか。

女性は苑子の返事を聞いていない。果たして賀上神社は子授けにもご利益があるのだろうか。

それを言えば、苑子の再就職祈願もどうなのだという話だが。

「出来あがるのは明後日だから、すぐにでも奉納してもらいにいかなくちゃ」

お嫁さんも呼んで一緒にお参りにいかないとね。ご利益が早ければ春にはいい知らせが聞けるかもしれないわね——女性は苑子が相槌《あいづち》を打つ間も与えずひとりで喋《しゃべ》りつづけ、それも終わると嬉々《きき》とした様子でビルを出て行ってしまった。

「お気をつけてお帰り下さいませ。……何だったの。あの女性、瀬戸さんの知り合い？」

行き交う来訪者に挨拶を繰り返しながら千晶が訊ねる。

「文化教室の生徒さんです」

苑子は先ほどの話を簡単に説明した。

「うわあ。怖いわね。お嫁さんにとってはものすごいプレッシャー」

千晶のよそ行きの笑顔が軽く曇る。

「まあでも。そうよね。わたしも結婚した直後からよく言われたもの。子どもはまだかって。結婚三年目にどうにか授かったけれど」

千晶に四歳の息子がいるというのは先日の歓迎会のときに聞いていた。幼稚園の年少組だそうで、入園するまでは近くに住んでいる実家で見てもらっており、今も迎えだけ頼んでいるらしい。意外すぎて驚いた苑子だったが、どう見ても三十そここの千晶が実は三十七歳だというのを知って、さらに仰天した。

四十歳を前にして、いつまでこの受付の仕事を続けられるか。須田メンテナンスに派遣されてはや、八年。産休を経ても何とか復帰はできたが、派遣だけに先は不安定で、更新の時期にはびくびくしているのだと話は続いた。

「自分自身もすぐにできるもんだと思ってたから、なかなかできないと余計にこたえるのよね。自分で自分のことがショックというか。ああ、この人かしら。大野啓子《おおのけいこ》さん。六十四歳」

千晶はワークショップ受講者のリストを見ながら言った。フルネームと年齢だけしか記されていないが、七人のうち四人が男性。女性は五十代がふたりなので、見た目の判断になってしまうが、残ったのが大野啓子という女性である。

「うちなんて、まだその前の段階ですから」

孫の顔どころか、伴侶の顔も見せられていない。

「瀬戸さんも十二階分、階段上ればいいじゃない」

縁結びの祈願をしにいけということだろうか。

苑子が毎日、屋上で昼食を取っていることを、千晶はたぶん気づいていない。気づいていたとしても、階段で屋上まで行っていることは知らないだろう。

そう。苑子はなぜか、毎日階段を上っている。エレベーターを使うことなく。

特に何かを祈願しているわけではない。意識はしていないけれど、この階段は参道なのだと、認識はしているような気がする。

としたら、やっぱり、どこかで願っているのかもしれない。いや、ほのかに、願っているのだろう。

今日も、神主さんに会えればいいな。

そんなことを考えながら階段を上っている自分に、苑子は戸惑っている。

3

麻由実からランチの誘いが来たのは翌々日だった。前日に連絡が来て、明日の昼頃、近野ビルの近くまで行くから会わないかと、いつものごとく簡潔な文面で告げられた。

待ち合わせはビルの近くのイタリアンレストランで、十一時半。麻由実が先に来ていて、窓際の席に座っていた。苑子に気づいた麻由実は、コートの下の受付用の制服を見るなり、噴き出した。

「瀬戸ちゃんが受付嬢ってほんまやったんや」

「嬢、はいりませんってば」

三か月ぶりに会う麻由実はどこがどうというわけではないが、一緒に働いていた時とは雰囲気が違っていた。肩の上でカールをしていた髪はそのまま三か月分伸びて、胸のあたりでゆるくウェーブを描いている。暗めの茶色にカラーリングされている髪は、伸びた分だけ、根元から地毛の色が見えていた。横の椅子の背もたれに掛けられたベージュ色のコートは苑子も見知っているものだ。去年の冬、会社帰りに麻由実が着ていたのを覚えている。

　ふたりとも、ランチメニューからそれぞれ好きなパスタを選んで注文した。皿が届くまでの間、互いの近況をそれぞれ伝えながら、麻由実の顔は何となく心ここにあらずで、ぼんやりと窓の外を眺めていた。

「どうかしたんですか？」

「んー。こうして昼間のオフィス街見てたら、何か取り残された感があるなあって。よくある専業主婦のぼやきやけど。わたしもまた働こうかなあ」

「安達さんだったらすぐに採用されそう」

「どうかな」

「働けばいいじゃないですか。旦那さんが反対してるとか」

「それはないんやけど」

　ランチメニューのサラダとパンが運ばれてきて、会話は一旦途切れた。麻由実はサラダをフォークでつつきながら、こういうランチが懐かしい、と力なく笑った。苑子の顔を見たら、ちょっとホッとした、とも言われた。

「どういう意味ですか」

「四年間、ほぼ毎日見てた顔やから。ああ、そうや瀬戸ちゃんてこういう顔してたなって」

「ますますわかりません」

ふふふ、と麻由実はまた笑った。さっきよりちゃんとした笑顔だった。

「ほんまはちょっと迷ってん。瀬戸ちゃんをランチに誘ってええのか」

「どうしてですか」

「だって、毎日屋上でそこの神社の神主さんとランチするの、楽しみにしてるみたいやから」

「わ、わたしは別に」

「あれ、ちゃうの？　こないだの電話で聞く限り、そうなんやと」

「あの電話は酔っぱらってたから——忘れてください」

ほかに、自分は何をしゃべったのだろう。ちょうどメインのパスタがやってきたので、追及はひとまずそこで終わった。

「わたしも再就職祈願、行こうかな。その神社に」

あらかた皿が空になりかけたとき、ぼそっと麻由実が呟いた。

「え？」

「地下の駐車場から、屋上まで階段で上るんやったよね」

「本気ですか」

本気だったらしい。イタリアンレストランを出ると、麻由実はその足で行くと言い出し、近野ビルの地下駐車場の入り口まで苑子を案内させた。

「ここか」

入り口は近野ビルの脇にあり、地上からゆるやかに下っていく坂が続いている。車での進入口だが、車道脇に歩道もちゃんとついており、近野ビルと掲げられた看板には、下に小さく「賀上神社入り口」とも記されてあった。ともすれば、参道はこの坂から始まるのかもしれない。

「すみません。わたし、時間なので戻らないと。ひとりで大丈夫ですか」

「子どもじゃないんやから。わたしももう少ししてから行くわ。ごはん食べたばっかりやから、今すぐ上ったらお腹《なか》痛くなりそう」

「警備室のところで受付してくださいね。賀上神社に行きたいって言ったら通してくれますから」

ありがとう、と手を振る麻由実に背を向け、苑子は駆け足で持ち場に戻った。

千晶の休憩中、ひとりで電話に応対し、来訪者の案内をする。業務自体は社会人五年目の苑子にも難しくはない。たまにややこしいことを言ってくるお客もいるが、特に無理難題を突き付けられることもない。目下の苑子の敵は、満腹感と絶妙な室温から襲ってくる、昼下がりの猛烈な眠気だ。それでも背筋を伸ばし、まわりからの視線を意識していれば、何とか持ちこたえられる。

だが少し気が緩んだ瞬間に、かくん、と首が折れ、その拍子に椅子から転げ落ちそうになった。慌てて、座りなおしたとき、

「あの。すみません」

どこからか、そんな甲高《かんだか》い声がした。はっ、としてまわりを見渡すが、声の主が見当たらない。しかも聞こえたのは、どう考えても子どもの声だった。オフィスビルにそぐわない小さな子どもの声。もしや、うっかり夢でも見ていたのか。

「すみませんっ」

もう一度、声がした。夢ではないらしい。よく見ると、高さ一メートルはあるカウンターの向こうから、苑子を見上げる顔が上半分だけ覗いていた。

苑子も腰を浮かせる。

小さな男の子がひとり、立っていた。ランドセルを背負っている。正面から見てもそのランドセルが体の両端からはみ出て見えるほど、男の子は小さい。小学校の低学年――たぶん一年生か二年生くらいだろう。

この周辺はオフィスビルが多いが、大通りから少し裏道を行けば住宅街も広がっている。とすれば近くに小学校もあるのかもしれない。低学年なら、ちょうど下校時刻なの

だろう。

「何か、御用ですか？」

苑子は一瞬、目をぱちぱちさせてから、できるだけ穏やかな声音で訊ねた。

「あの、パンフレット、くださいっ」

男の子は元気よく答える。

「パンフレット？」

「はいっ。じんじゃの、けっこんしきの」

理解するのに数秒かかる。難しい単語では決してない。ただ、およそ小学校低学年の男の子が所望するとは思えないものだったからだ。

「ここに来たらもらえるって聞きました」

「あ。はい。結婚式のパンフレットですね」

どこの誰に聞いてやってきたのかはわからないが、神社の結婚式のパンフレットといえばあれしかない。そして、断る理由もない。

「はい。ちょっとお待ちください」

苑子は引き出しから賀上神社分社の結婚式のパンフレットを取り出し、カウンターから出た。男の子の前まで行き、手渡す。

「こちらですね」

「ありがとうございますっ！」

やたらと礼儀正しい。男の子は両手でパンフレットを受け取ると、しかし、パンフレットよりも先に、苑子のことをじっと見た。顔ではなく、全身をまじまじと眺めている。

（な、なに）

男の子の右手の指がパンフレットを離れ、苑子が着ている受付の制服ジャケットの袖口をつまんだ。生地か何かを確かめるように、指で撫《な》でている。

不思議に思い、苑子がそっと男の子の顔を覗き込むと、弾《はじ》かれたように手を離した。

「あっ、ごめんなさい」

「いいのよ。どうか、したの？」

「なんでも、ないです。パンフレット、ありがとうございます」

今度はパンフレットに目を移し、その場で食い入るように凝視する。まん丸の眸《ひとみ》と長いまつげが小さくゆらぐ。

「結婚式に興味があるの？」

男の子はふるふると首を横に振った。苑子は少しほっとする。いや、別に興味があってもよいのだけれど。

「えっとね」

「うん？」

「——お父さんとお母さんが写ってるんだ」

そう言い残すと、男の子はぺこんと勢いよくお辞儀をして背を向けた。大きなランドセルが上下左右に揺れた。

(お父さんと、お母さん?)

式を挙げている新郎新婦のことだろうか。それしか考えられない。苑子はカウンターに戻り、もう一枚パンフレットを取り出す。

「あ……」

いや、新郎新婦だけではない。

(パンフレットには、神主さんも、写ってる)

苑子は男の子が出て行った正面入り口を眺めた。

幹人には、七歳になる息子がいると聞いた。ちょうど、さっきの男の子と同じくらいの——彼の顔はどことなく幹人に似ていなかっただろうか。

(待って。お母さんも写ってるって)

神主装束の幹人の手前に、巫女《みこ》姿の女性がひとり、佇《たたず》んでいた。

受付の内線が鳴ったのは午後三時半を回ってすぐだった。

電話を取ったのは千晶だったが、相手の声を聞くなり、その眉がわずかに曇った。

「はい。では今からそちらに向かいます」

受話器を置いて、立ち上がる。やや緊迫した千晶の声音に、苑子もただならぬものを感じた。

「どうかしたんですか」

「下のオフィスからよ。どうやら文化教室で盗難があったみたいなの」

「盗難？」

「受講者の作品がなくなったんですって」

講師から文化教室の事務局、つまり須田メンテナンスの総務部へ連絡があった。

「でも今、オフィスには人がほとんどいないらしくて、受付からどちらかひとり現場に来てほしいって」

例の、こけしの絵付け教室だと聞いて、苑子も立ち上がった。

「わたしが行きます。講師の先生にも会ったことあるので」

「そう？　じゃあお願い。先に真辺部長が向かっているはずだから」

「はい」

今度はちょうど、エレベーターが上がってくるところだった。扉が開くと、真辺部長と行き合わせた。

「やれやれ。どうやらこけしがなくなったそうだよ」

作品というのだから、そうだろうとは思っていた。けれど、こけしが盗難……いったい誰が？

教室は前と同じ第五教室だった。苑子と真辺が到着した直後に、警備員も息を切らせながら駆けつけた。階段で上がってきたらしい。

「今日、来てみたら、こけしが三体なくなっていたんです」

白髪の眉を八の字の形にしながら講師が説明する。

一昨日《おととい》、顔の絵付けが終わったこけしはこの教室の端に置いてある業務用の棚に並べておいた。まだ絵具が乾き切っておらず、二日後に次の講座があることから、受講者全員、棚に置いて帰ったのだという。

「作品を置いて帰るのはよくあることなんですか？」

苑子が訊ねると講師は頷いた。

「どの講座でも、ものづくりをしているところはそうしているはずです。この棚は元々それ用に利用されているんです」

講師の言うとおり、棚には盗難に遭わなかった四体のこけしのほか、陶芸の作品や描きかけのキャンバスなどが並べられてあった。

もちろん、棚から落ちてしまったのではないかと、あたりを探し回り、見つからなかったから事務局に連絡したのだ。

「わしのこけしがなくなったんだ」

棚のすぐそばに立っていた老人が不安げに訴えた。その横で、わたしも、と声を上げた女性がふたり。しょげ返るように、肩を落としているのは、こけしを嫁にあげると言っていた女性——たしか大野啓子といっただろうか。

「セキュリティはどうなってるんですか！」

あとひとりの被害者である女性はひどく立腹していた。

「申し訳ありません」

真辺が深々と頭を下げ、苑子も慌てて腰を折る。

六つの教室の鍵は朝の講座が始まる前に一斉に開けられ、午後の講座がすべて終わってから閉められる。

管理しているのはもちろん、須田メンテナンスの総務部だ。

鍵は行動予定表の横のボードに掛けられており、文化教室のみならず、貸会議室や警備員室などの鍵も並んでいる。

スペアキーは部長のデスクの引き出しの中。引き出し自体には施錠はされていないので、持ち出そうと思えばできないことはない。

だがボードに掛けられた鍵もスペアキーも、基本的に総務部の者しか扱わない。他部署の者が触ろうとしたら誰かの目に留まるだろう。ましてや、さして広くないオフィスだ。社外の者が入り込めばすぐにばれる。

「ということは、鍵が開いている間に、なくなったってことですよね」

朝の講座が始まるのは午前十一時。最後の講座が終わるのは午後五時だ。教室の鍵を開けるのは美冬の仕事だという。

「もう、戻ってきているかな」

部長が時計を確認しながら、教室内に設置された電話の受話器を取った。美冬は銀行へお遣いに行っていたらしい。

「ああ、そう。わかった」

美冬はオフィスにいたようだ。

部長が一昨日の講座終了後から今日の講座前の教室の施錠について訊ねると、いつもと変わりなく、一昨日も、昨日も今日も、朝は十時四十五分に鍵を開け、午後の五時半に閉めた。数分の前後はあったかもしれないが、それは間違いないという。講座終了後、三十分開放しているのは、講師たちが後片付けする時間を見越しているのと、清掃員が教室を掃除するからだそうだ。

鍵を閉めるときも異変は感じなかった。とはいえ、教室に誰もいないのを確認するだけなので、棚からこけしが数体なくなっていても気づかなかったという。

「講座と講座の間になくなった、というわけでしょうね」

朝の講座が終わるのが午後十二時半。午後の最初の講座は一時半から三時。最後の講座は三時半から五時――。

部長は美冬に第五教室の使用状況についても訊いていた。

「園田さんによると、一昨日からこの第五教室はずっと使われていた」

だから、第五教室が無人になるのは講座と講座の間しかない。

「誰が、わたしのこけしを」

女性が声を震わせた。

いつ、ではなく、誰が。

となるとますますわからなくなる。ビル内にいた人間なら、誰でも教室に侵入することができたのだ。こけしは長さにして二十センチ足らず。バッグに入れてしまえばわからない。

苑子は誰がいつ、よりも何のためにこけしを持ち去ったのか、が気になった。

なくなっているのは三体。あとの四体は無事である。

ただのいたずらかもしれないし、明確な意図があるのかもしれない。それは持ち去った人間にしかわからない。

「とにかく、こちらでもビルの中を探してみます」

真辺が女性を宥《なだ》めるように言った。

けれど、探すと言ってもどこを探せばいいのか。見つかる確率は、限りなく低く思えた。普通に考えれば、とっくにビルの外に持ち出されているだろう。

ビルに入る者はチェックするが、出ていく者に関してはノーチェックだ。見つかりっこない。

「後ほど、防犯カメラも確認してみます。この教室だと、すぐそこの非常口付近に設置されています。もしかしたら何かしら映っているかもしれません。それでも見つからなかったら——どうされますか。警察に盗難届も出されますか」

盗難届、と聞いて、被害者三人の顔がかすかに強張《こわば》った。

「そこまでは……」

誰からともなく、首を横に振る。そういう答えが返ってくると予想して部長は訊ねたのだろう。

「今度からもっとセキュリティをしっかりしてくださいね！」

再度、同じ女性が息巻く。部長が神妙な表情をつくり、目を伏せた。

「今後は善処いたします」

いかにも反省している様子だったからか、女性も納得したように引き下がる。

実際、部長は反省していたのだろう。いやあ、セキュリティって言葉を出されると弱いよなあ、管理会社って。だって管理会社だもん。管理してなんぼでしょう――先日のお酒の席で、同僚の誰かがそんなことを言っていたのを思い出した。

たとえば今回のような盗難。いや、まだ盗難と決まったわけではないだろう。いたずらかもしれないし、単なる紛失かもしれない。だがその被害がどんなものであれ――たとえ、素人の絵付け途中のこけしであれ、そのような事態を招いてしまったことは管理会社の落ち度である。

そこに、いつのまにか姿を消していた警備員が戻ってきた。ほかの教室を回り、こけしが紛れ込んでいないか探していたらしい。手ぶらだということは、見つからなかったのだろう。

「そのほかに、男子トイレも探してみたのですが」

あたりまえだが、女子のほうは探せなかったらしい。

「そっちは瀬戸さんに任せるしかないな」

真辺に言われ、苑子は頷く。

この後、各階の男女トイレ、廊下、その他、テナントの各会社は除き、探せるところを手分けして探してみることになった。

受講者たちは絵付けの続きをするという。

こけしがなくなった三人には予備で持ってきていた新しいみず木を渡され、今度は体部分から筆を入れていくように指導された。顔の部分は一昨日に習ったので、時間がなければ自宅で完成させなさいということらしい。

「間に合わないかしらねえ」

大野啓子が嘆息した。前にも言っていたが、今日出来あがるはずだったこけしを、次男の嫁と一緒に賀上神社へ奉納しに行くつもりだったらしい。講座が終わる五時過ぎにこの近くで待ち合わせをしているのだそうだ。今日は無理だと連絡したほうがいいかと悩み出す。

「大野さん、まだ時間はありますよ」

「……そうですよね。頑張らなきゃ」

講師に励まされ、絵筆を握り直すのを横目に、苑子は第五教室を出た。

十階から七階までの女子トイレにはなかった。いちばん奥にある掃除道具入れも確認したが、見当たらない。

六階に下り、また順番に手前から個室の中をあらためていく。幸い、どの階も無人だったが、使用者がいたら、苑子の行動はさぞかし不審に見えただろう。

四つある個室を見終え、掃除道具入れのドアに手を掛けようとした瞬間、背後から声をかけられた。

「あの、瀬戸さん……？」

有来が、いぶかしげに苑子を窺《うかが》っていた。

「そこ、掃除道具入れなんですけど」

「あ、はい。わかってます。ちょっと……探し物をしてまして」

「探し物？」

聞いて、有来はマスクの下でくすりと笑った。

「この前と反対ですね」

「え？」

「前はわたしが探し物をしてる時に、瀬戸さんに見つかったから」

「ああ――でも探してるのは落とし物じゃないんです」

有来が探していた、落としたヘアピンのように必ずそこにある探し物ではない。

きょとんとする有来に、苑子は事の経緯を説明した。

「こけし……ですか」

黒縁メガネ越しに、目が丸くなった。

「有来さん。一昨日でも昨日でも今日でもいいんですけど、九階の第五教室あたりで怪しい人を見かけませんでしたか？」

「いえ……特に。講座の生徒さんだろうなあと思う方々しか」

「そうですか。あ、そうだ。講座が終わってから、第五教室を掃除した方ってわかりますか?」

「一昨日はたしか井坂《いさか》さん。昨日はわたしがしました」

井坂というのは男性清掃員だ。

「昨日、有来さんが第五教室を掃除した時、棚にこけしはありました?」

どうだっただろう、というように、有来は視線を上に向けた。

「すみません。覚えてないです」

申し訳なさそうに答える。

「いえ、そんな。棚の上まで見てないですよね」

「棚には生徒さんの作品があるってわかってるので、極力近づかないようにしてるんです」

作品にはけして触らないように言われているらしい。万が一、棚に体がぶつかって作品を倒してしまったりしたら大変だ。だから、棚まわりの清掃は丁寧かつ慎重に、そして手早くを心がけているのだという。

「あ、井坂さんにも訊いてみますね」

有来はゴム手袋を取ると、作業着のポケットからスマホを取り出した。苑子が有来にした質問を、同じように井坂に投げかける。

「え、たしかですか?　わかりました。ありがとうございます」

意外なことに、井坂は棚にこけしが並んでいるのを覚えていたという。床に、講座用のレジュメが落ちていたらしい。表紙にこけしの絵付けと書いてあり、「へえ」と思い、何気なく棚を見たのだそうだ。

「数ははっきりとしないみたいですが、四つではなかった。もっとたくさん並んでたって言ってました。ちょうど掃除が終わった直後に、総務の園田さんが鍵を閉めにきたそうです」

では、一昨日の時点では、こけしは揃《そろ》っていたことになる。わたしもちゃんと覚えておけばよかった、ともう一度悔やむ有来を苑子が宥めた。

「でも、わたしも清掃をしながら、気をつけて見ておきます」

「よろしくお願いします」

再び、階段へ戻る。五階、四階の確認を終え、三階へと下りるところで、さっきも見たベージュのコートの後ろ姿を発見した。

「安達さん？」

踊り場で足音が止まる。麻由実が後ろを振り仰いだ。

「あ、瀬戸ちゃん」

「もしかして、今、お参りに？」

「うん。してきたとこ。やっぱりつらかった。明日、たぶん筋肉痛やわ」

「再就職、お願いしてきたんですか?」

苑子が踊り場まで追いつくと、麻由実は微苦笑を浮かべた。

「ほんまにご利益あるかどうかわからへんけど。……って、そんなこと言うたら、神さんのご機嫌損ねて、叶わへんかな」

「そうですよ。信じる者は救われるんです」

「それって聖書やん」

「え、そうなんですか」

並んで階段を下り、苑子は二階の扉の前で立ち止まった。

「じゃあ、安達さん。就職決まったら教えてくださいね」

「――うん、わかっ……」

そこで、麻由実のスマホに着信が入った。画面を見ると左手で操作しながら、右手でごめん、と苑子に謝る仕草をする。苑子も笑って、じゃあまた、と声を出さずに口を動かした。

麻由実と別れ、引き続き、地下一階の女子トイレまで探してみたが、徒労に終わった。真辺に結果を報告しようとオフィスに戻ったが姿がない。

「部長なら警備員室よ」

美冬に教えられ、もう一階、階段を下りる。警備室の受付窓から中を覗き見ると、真辺の真剣な横顔が見えた。

「あの、部長」

苑子に気づいた真辺が手招きをする。

入ってこいということらしい。

真辺は警備員と一緒に防犯カメラのモニターを眺めていた。

第五教室からいちばん近い、すぐ横の非常口の上から、廊下を映し出している。

一昨日と昨日の午前の分の録画は確認したが、講座の開始時間と終了時間以外に、教室に出入りする人影はほとんどなかったという。たまに、講座中に教室を出ていく者がいるが、数分で戻ってくる。トイレにでも行っていたのだろう。あとは、清掃員が何度か廊下を行き来しているくらいらしい。

苑子は女子トイレの確認と、有来や井坂から聞いた話を報告した。

「なるほど。防犯モニターの映像とも辻褄《つじつま》が合うね。ああ、瀬戸さん。きみも一緒にモニターを確認してもらおう」

「わたしですか？」

「人の顔を覚えるのが得意なんだろう？　受講者以外に不審な人間がいないかチェックしてくれないか」

「いくらなんでも、さすがに受講生の方、全員のお顔は覚えてないです」

「そうなのか」

しごく残念そうに真辺は言う。人の顔を覚えるのが得意なのはあくまで特技であって、特殊能力ではない。

「すみません」

期待に応えられなかったことと、何だか嘘をついて採用されてしまったようで肩身が狭くなる。

「まあでも、念のため、ここを見てほしい」

昨日の分と、今日の午後、紛失に気づく寸前までの録画はざっと見終えた。そのうえで、やはり苑子にも見てほしい部分があるという。

真辺に言われ、警備員がキーボードを操作する。苑子はしばらく無言でモニターを見つめた。

「ここだ」

「はい」

モニターに映し出されているのは今日の午後の最初の講座が始まる寸前、受講者が行き交う廊下だ。

「瀬戸さん、この教室、何の講座だったか覚えてる?」

真辺の手元には講座の受講者リストがあった。確認するように苑子に訊ねる。

「たしか、カラーセラピー入門だったと」

「はい。人気の講座で、今日も定員人数まで達していました。全員、女性です」

「定員は二十人」

「うん。だから、教室に入っていくのも二十人のはずだ。講師はひとりだから、それを数えても二十一人」

「……はい」

苑子はモニターから目を離さず、返事をする。真辺の言わんとしていることが、今ひとつつかめない。

「じゃあ、今から教室に入る人数を数えて」

「あ、はい」

言われるまま、モニターを横切る人影を注意深く、頭の中で数えていく。途中、気になる女性がひとり、教室に入っていったが、次々と続く入室者に、余計な思考を挟む余裕がない。

ようやく人が途切れ、廊下にも人が少なくなった。時刻は受講開始一分前だ。

「二十三人でした」

「うん。途中、ふたり、出て行ったでしょ」

「そう……でしたっけ」

入る人を数えるのに必死で見逃していた。真辺に言われる前に、警備員が巻き戻す。

「ここで、ひとり」

モニターが静止する。出てくる女性の顔が確認できる。

「あ、この人」

「瀬戸さんが覚えている人？」

「はい。今日初めてうちの文化教室の講座を受講すると言っていた方です」

受付で、ほかの受講者が慣れた様子で受講証チェックを受けている中、この女性は初めてなので、緊張した面持ちで手続きをした。対応したのは苑子だ。

「お名前までは覚えてませんけど、第四教室で行われた一日講座を受けることになってました」

「一日講座。っていうことはビジター扱いか」

「たぶん、初めてだから教室を間違えたんじゃないでしょうか」

「なるほど」

静止画が再び動き出す。女性は教室の入り口を出たところで立ち止まり、何かを確認するようにした後、隣の第四教室へと入っていった。

「そのようだね。この女性は教室に入ってわりとすぐに出てきた。瀬戸さんの言う通り、間違えたのかもしれない。じゃあ、もうひとり」

動画が早送りされ、数秒後に止まる。

「この女性だ」

あ、と苑子が上げた声は、果たして音になっていただろうか。即座になっていないことを祈った。思いがけない女性が、そこに映っていたからだ。

「ん？　どうかしたのか」

女性は俯《うつむ》き加減で、はっきりと顔は見えない。モニター越しには年齢もあまり判別しづらく、服装にもさほど特徴はない。

「いえ、何もありません」

咄嗟《とっさ》に、苑子は答えた。だが入室していく受講生に紛れて教室から出ていくその姿を見て確信する。

（安達さん……？）

ベージュのコート。茶色のセミロングヘア。よくいる風貌《ふうぼう》だ。けれど、苑子にはわかる。間違いなく麻由実だった。

（なぜ、安達さんが）

まさか、彼女がこけしを？

麻由実の肩には、大きめのショルダーバッグが掛かっている。

モニター上部に表示されている時刻は一時四十五分。苑子と別れてから五十分後の映像というわけだ。

「この女性も教室を間違えたのかな」

「さあ……どうでしょう。まだ時間があるからトイレにでも行ったとか」

ふむ、と真辺が答えると、動画が再生される。

もしかしたら、麻由実はこのカラーセラピー入門を受講しているのかもしれない。受付の受講証確認は苑子ではなく千晶がしたのかもしれないし、本当にトイレに行っただけだとも考えられる。ならばどうしてさっき苑子にその話をしなかったのか、という疑問は残るが、賀上神社に話題が傾いたので言い出さなかっただけかもしれない。受講者リストは真辺が持っている。それを見せてもらえば、ちゃんと安達麻由実の名前が載っているかもしれない――。

「だとしたら、講座開始時間までにまた戻ってくるんじゃ」

苑子はモニターを凝視した。

「いや、彼女は戻ってきていない」

それはすでに確認済みだそうだ。出て行ったふたりの女性に見覚えがあるか、人の顔を覚えるのが得意だという苑子に確認してほしかったのだという。

麻由実だけが、不審人物だった。苑子がもうひとりの女性を覚えていたせいで、麻由実だけが正体不明の人物となってしまった。

賀上神社に参拝しに行くというのは嘘だったのだろうか。だが階段で麻由実と遭遇したのは午後四時を過ぎていた。それまでの二時間近く、何をしていたのか。

「ああ。瀬戸さんはもう戻っていいよ。あとのことはこちらでする」

真辺に言われ、警備員室を出る。

階段を上りながら、あの場に麻由実がいた理由、麻由実がこけしを持ち出す理由を考えてみるが、妥当な線が思い浮かばない。

仕事が終わってからメールをすることにした。

けれど、いざ文章を入力しようとしたら、何て書いたらいいかわからない。悩んでいるうちに駅まで着いてしまった。結局、率直に訊ねるしかないだろう。

〝今日は久しぶりに一緒にランチができて楽しかったです。そういえば安達さん、ランチのあとうちのビルの文化教室にいらっしゃいましたか？〟

返信は、翌日の朝になってもなかった。

4

（──あ。いない）

昼休み。二日ぶりにやってきた屋上に、幹人の姿はなかった。

今週、一緒に昼食を食べられたのは月曜日だけだ。火曜日は苑子の休憩が終わる頃に幹人が現れ、階段ですれ違った。水曜日は雨だった。昨日は、麻由実と外で食べたから仕方がない。

しばらく待ってみても、屋上へと通じるドアが開く気配はなかった。

せっかく生姜焼《しようがや》きを作ってきたのにな。

社を窺う。初めてこの屋上で出会ったときのように、祠の裏をひっそり掃除しているかもしれない。だが人影は皆無だ。

がっかりするのはおかしい、と自分に言い聞かせる。

待ち合わせなど、していないのだから。こういうのを独りよがりというのだ。

諦めてひとりで食べるか。その前に、苑子はスマホを確認した。麻由実からの連絡はまだない。

「こんにちは」

ため息をつきながらスマホの画面を眺めていると、屋上のドアが開いて、そんな声が聞こえた。黒いダウンジャケットを着た幹人が歩いてくる。見るたびに違うアウターを羽織っている。苑子よりよっぽど豊かなワードローブを持っていそうだ。やっぱり神主らしくない。

「今日は、間に合ったかな」

「え？」

「おかず、残しておいてくださいね」

「あ……」

「もしかして、もう食べ終わって戻るところですか」

「いえ、まだ。さっき来たばかりです」

「よかった」

笑顔の幹人は颯爽《さっそう》と苑子の前を通り過ぎ、社の陰に置いてある竹箒《たけぼうき》を手に取った。社のまわりと小さな境内、参道を掃き清め、狛犬《こまいぬ》たちを乾拭《からぶ》きする。苑子はお弁当の中身をのろのろと箸で口に運びながら、その様子を眺めた。流れるような一連の所作は、何かの型のように無駄がなく、見ていて清々《すがすが》しい。

「そんなに見られると。物珍しいですか」

幹人が苦笑する。

「ごめんなさい」

見惚《みと》れてしまいました、とはさすがに言えない。だがその一方で、冷静に、ある面影を探している自分もいる。小さな、男の子の面影。昨日、受付カウンターに現れ、パンフレットがほしいと言った男の子の。

考えすぎだろうか。そうに違いない。でも——ぐるぐる思考を巡らせながら、何も幹人には訊ねられない。何を訊ねればいいのかもわからない。

清掃を終えた幹人は持参した今日の供え物をジャケットの両ポケットから両手で取り出した。祠の前まで行って、動きを止める。

「どうかしたんですか?」

いつもなら観音開きの祠の扉の前に供えてある前日の供物《くもつ》と交換するのだが、今日はそうしなかった。両手にした饅頭《まんじゆう》らしき今日の供え物をまたジャケットのポケットに戻すと、その場にしゃがみ込んだ。賽銭箱で、幹人の体が見えなくなる。

「これ……何でしょうね?」

立ち上がった神主の手にあったのは、昨日からの失《う》せ物とおぼしき代物だった。

「こけし、かな」

「見せてください」

血相を変えて駆け寄った苑子を、幹人は不思議そうな顔をしながら見つめた。

「はい、どうぞ」

「ありがとうございます」

こけしには顔部分だけ絵付けされている。

「これ、一体だけですか?」

「いえ。ここにあと二体あります」

幹人が地面を指さした。祠の下に未完成のこけしが二体、並んでいた。

数も合う。間違いない。

「文化教室でやってたこけしの絵付け教室の生徒さんの作品です。昨日、教室から持ち去られて」

「持ち去られて……？　それがなぜここに」

「わかりません」

だが麻由実は賀上神社に参拝すると言っていた。

このこけしたちを持ち去り、奉納した——？

いったい、何のために。

「昨日はなかったから、僕が帰った後に置かれたものなんでしょうね」

「神主さんは昨日、何時頃こちらにいらしたんですか？」

「十二時くらいから……三時半くらいかな」

「え？」

そんな長い間？

いつもは一時間かそこらで帰ってしまうのに、なぜ、苑子が行かない日に限ってそんなに長居をしていたのだろう。

もしかして、苑子がいないときはもっと長時間、のんびりしているのだろうか。

え、わたしひょっとして嫌われてる……？

「あ、そうではなくて」

愕然とする苑子の心情を察したのか、幹人が慌てて否定した。

「ちょっと、昼寝をしてしまいまして」

「昼寝？　この寒空の下で、ですか？」

「はい、そこで。いつのまにか」

幹人は鳥居の横の狛犬を見た。そこの土台に背中を預けて寝ていたらしい。

「昨日は小春日和《こはるびより》でぽかぽかしていたでしょう？」

「はあ……」

本当だろうか？　苑子を傷つけまいとごまかしたのではないのか。

「気がついたら三時半を過ぎてたんです」

へへっと照れ隠しのように笑う。神主らしからぬふるまいに苑子は困惑した。何だか印象が定まらない。服装は神主じゃない。けれど神社での所作や佇まいには普通の人とは違う空気感が漂っている。そのくせお饅頭や苑子のお弁当のおかずを頬張る姿はまるで十代の少年のようだ。

「その時、不審なひとを見かけませんでしたか」

「不審？　どうでしょう。うちの社に参拝してくださる方を不審者とは思いたくありませんが」

「参拝客がいたんですか？」

少なくともこの二週間の平日、雨の日と昨日を除いて毎日ここで昼食を取っていたが、苑子は一度も参拝客というのを目にしたことはなかった。

「女性がひとり。ちょうど僕が目覚めて帰ろうとした時にいらっしゃいました」

「その人！　どんな女の人でしたか」

「どんな？」

「――ベージュのコートを着ていませんでしたか？」

苑子の質問に、幹人はしばし記憶を辿《たど》るように腕を組んだ。

「ベージュ……そうだったような気がします。女性のお年はよくわかりませんが、おそらく、瀬戸さんより少し年上の女性でした」

不審な参拝客、というのが受け入れられないのか、幹人の返事は曖昧だった。けれど、間違いないように思えた。

「でも、なぜこの三体だったのかな」

苑子は呟くと、残りのこけしも拾い上げ、かわるがわる三体の顔を見つめた。

「そういえば、このこけしたちはよく似たお顔をしていますね」

横から幹人が覗き込み、言った。

「そうですか？」

「ええ。こけしらしい顔立ちというのでしょうか」

「お手本が一緒ですから。でもそれぞれ全然、顔が違いますよ」

苑子に言われて、幹人はさらに凝視する。だが、どれもほぼ同じ顔に見えるらしい。

「うーん。三つ子とまではいきませんが、三姉妹ほどには似ていると思います」

「えぇっ」

そう言われて苑子は心底驚いた。

苑子の目には三体ともまったく違うこけしに見えるからだ。

「あの。賀上神社では子宝のご利益もあるんですか？」

たしか、このこけしだ。

苑子は三体のうちのひとつを右手に取った。

大野啓子が絵付けしたこけしである。

「子宝ですか」

「子授け祈願でこのこけしを賀上神社に奉納したいという受講者の方がいらしたので。

正しくは子じゃなくて、孫授けなんですけど」

「ああ、お孫さんを……。稲荷神社《いなりじんじゃ》なので一応、商売繁盛、五穀豊穣《ごこくほうじょう》の神を祀ってい
ますが、どんなご利益も承っておりますよ」

幹人は完璧な神主の顔をして答えた。

「じゃあ、わたしの願いもやっぱり成就させてもらえたのかな」

「瀬戸さんも、うちの神社に？」

「はい。再就職祈願をさせてもらいました。それで、偶然だと思うんですけど、めでたく須田メンテナンスに」

「偶然ではないかもしれませんよ。よほどうちの神様に気に入られたのでしょう」

祈願した社と同じビルで働くことになるなど、偶然ではなく縁だと幹人は言う。

「でもわたし、参拝はしてないんです」

「え？」

「遠い……そう、あのビルからここの鳥居が見えて」

苑子は東の方角にそびえ立つガラス張りの高層オフィスビルを指さす。

「そこからお願いしました。あのビルに入ってる会社の採用面接を受けて、ああだめだなって落ち込んで——その時ちょうど、この鳥居が見えたんです。あとからその神社が再就職先のビルの屋上にあるって知ってびっくり。それでお礼参りをしたんです。あ、ちゃんと地下から参道の階段を上ってきましたし、お賽銭も入れましたし」

苑子の説明に幹人は唖然《あぜん》とし、次の瞬間、小刻みに肩を揺らし始めた。

「それはそれは。ありがとうございます」

笑いながら感謝される。

話がそれた。

「あの神主さん。このこと、誰かに報告しますか？」

「はい？」

「持ち去られたこけしが賀上神社で見つかったこと」

苑子は真剣な表情で訊ねた。

何か事情があるのだと、幹人はすぐに理解したようだ。

「うちに奉納してくださったものを、いちいち誰かに報告することはありません。ありがたくいただくだけです」

「……その奉納品、そのまま賀上神社で預かっていただくことはできますか」

「僕はそれが盗品だとは知りませんから」

ここでの会話をなかったことにしてくれるのだろう。

「ありがとうございます。あとで必ず事情を説明します」

「わかりました。それより」

幹人は大仰に息をついて背中を丸めた。

「僕はとてもお腹が空《す》いているんですが」

あ。お弁当を食べるのを、すっかり忘れていた。腕時計を見ると、あまり時間がない。

また千晶に叱られる。

「わたしもです。食べましょう。神主さんはまたお饅頭ですか」

「今日のはひと味違いますよ。餡子じゃなくてカスタードクリームなんです」


仕事を終えて近野ビルの外に出ると、麻由実が所在なげに立っていた。

「安達さん。どうしたんですか」

「瀬戸ちゃん、待ってた」

頼りない笑みを浮かべ、返信しなくてごめん、と言った。

「メールや電話じゃ、うまく説明できひんと思って」

いつから待っていたのか、麻由実は寒そうに身を縮めた。信号を渡ってすぐのいちばん近いカフェに入り、ホットドリンクを注文した。学生や会社帰りの若い男女で賑《にぎ》わう店内でやっと二人分の席を見つけ、腰を落ち着けた。紙コップの温かさが指先にじんわりと伝わる。

「ああ。生き返る。日が落ちると冬やね」

「もう十二月ですからね」

「……昨日、文化教室のあるフロアに行ったよ」

麻由実は豆乳ラテをひと口飲んでから、いきなり核心に触れた。苑子のメールでの質問の答えならそれだけで十分だ。けれど麻由実の顔は、苑子がほかにも訊きたがっていることがあるのだと理解している。

苑子もカフェラテで少し暖を取ってから訊ねた。

「こけしを持ち去ったのも……安達さん？」

「うん」

「賀上神社に置いたのも？」

「そんなことまで、もうわかってるん」

予想外だったのか、麻由実はびっくりしたように目を瞬《しばたた》かせた。

苑子は昨日の騒動を説明し、神社で見つけたのはたまたまだとつけ加える。

「防犯カメラか……そりゃあ、普通はあるよね。でもそこまで考える余裕なかってん」

「本当は大野啓子さんのこけしだけが欲しかったんですか」

単刀直入に、苑子は訊ねた。

「直球やね」

「安達さん、回りくどいの嫌いでしょうから」

「瀬戸ちゃんはわたしの性格よくわかってるもんね。……そう。わたしはそのこけしだけが欲しかった。何でわかったん？」

清々しいほどの肯定だった。だからといって開き直った様子でもなく、まるで天候の話の続きをしているかのような口調だ。

「大野さんは、安達さんの旦那さんの、お母さん――お姑《しゅうとめ》さんなんですよね」

「よく、気づいたね」

「安達さん、結婚してからも会社ではずっと旧姓の安達さんで通してたので」

「そう。年賀状とかも仕事関係は安達で出してたし。でも――うん。今は大野麻由実」

「わたしも、さっき思い出したんです」

お弁当のおかずと交換に、幹人からもらった昨日のお供え物。ふわふわとした生地にカスタードクリームが包まれたお菓子は、仙台の土産物だという。

「すぐに、あ、このお菓子、前にも食べたことあるって思ったんです。包み紙にも覚えがあって。そういえば、安達さんがお盆かお正月に旦那さんの田舎に行ったとき、会社へのお土産に持ってきてくれたお菓子だって」

たしか、大野啓子の夫の田舎も仙台だと言っていた。麻由実の新姓が大野だというのもこの時、思い出した。繋《つな》がったのだ。

「ふうん。なるほどね」

ちなみに麻由実の夫の親である大野夫妻は東京在住であり、田舎は義父の兄が住んでいるという。

「で、その神主さんって何。おかずとお菓子を交換するような仲なん」

「そっ、それは今、どうでもいいんです」

苑子は話を戻し、真顔で麻由実を見据えた。

「理由を聞いてもいいですか」

「瀬戸ちゃん、うすうすわかってそうな顔してるけど。うちのお義母《かあ》さん、言うてはったんと違う？　こけしを神社に奉納するって」

「言ってました」

「やっぱり。この頃、孫作れプレッシャーが半端なくてね。不妊治療のことも？」

「――はい」

その言葉を直接聞いたわけではないが、病院で診てもらっているというのはすなわち、そういうことなのだろうとはわかる。

「なかなかうまくいかなくてね。二週間くらい前にも失敗したばかり」

二週間前。もしかして電話で元気がないように思えたのはそのせいだろうか。

「見て」

麻由実はスマホを取り出した。見せられた画面はメールだろうか、文章よりも先に、添付された画像が目に入った。

顔だけ絵付けされたこけしだった。

「火曜日に、お義母さんから送られてきたメール。〝どうかしら。壮吾《そうご》と麻由実さんに似せてみたのよ〟って」

新聞に入っていたチラシで近野文化教室のこけし絵付け教室のことを知った大野啓子は、最初からそのつもりで申し込んでいた。実は、最初は麻由実も一緒にどうかと誘われたのだ。ふたりで二体奉納したら、成就する確率も二倍になるんじゃないか、と。ねえ、麻由実さん。いっそのこと双子ちゃんもいいわねえ。

「自分が願いを込めて絵付けしたこけしなら、きっと叶うはずって」

奉納する前から成就すると思い込んでいる姑の想《おも》いが怖かった。これでもし、授からなかったらどうすればいいのだろう。

火曜日の朝にもメールは来ていた。

〝今日のお昼から絵付け教室に行ってくるわね。当日参加もできるそうだから、麻由実さんも気が向いたら来てね〟

もちろん、気が向くはずもない。メールには文化教室の場所も記されてあった。それが近野ビルだった。

「近野ビルって最近聞いたような気がして。もしかして瀬戸ちゃんが勤めてるとこかなって」

「それでわたしにあんなメールをくれたんですね」

「えらい偶然やなと思った。まあ、それはそれとして。単純に、いややなって思ったの。

お義母さんと一緒に、こけし持ってお参りに行くのが」

夕方に来た写真付きのメールには、こうも書いてあった。

〝明後日木曜日には絵付けも出来あがります。お参りだけは一緒に行きましょうね。五時過ぎに文化教室のあるビルの前で待ち合わせはどうかしら〟

念押しのメールだった。

まさか本当に参拝するつもりだとは思っていなかった。教室のあるビルの屋上に神社があり、とてもご利益があるのだ、とも書いてあった。

「すでに神社まで決めてはる——ちょっとぞっとした」

麻由実はまたひと口、ラテを飲んだ。

「だからこけしを？」

「出来心、では許されないんやろうね。でもね。ほんまにいややってん。わたしも子どもは欲しい。でも——何か感覚的にどうしても受け入れられへんと思った」

言葉ではうまく言えない、と麻由実は俯いた。苑子から教えられた参道を上りながら、本当にこけしを持ち出せるかどうかわからなかった。部外者が教室に入れば見咎《みとが》められるだろうし、まず、自分にそんな度胸があるかどうかもわからなかった。講座中はもちろん無理だろう。その合間の時間を窺って、九階まで階段で上がり、教室のあるフロアに入ったという。

「でも、結果的にできてしまった」

誰に咎められることもなく、盗めてしまった。

「どうして三体も？　大野さんのだけを持ち去ったら、ばれやすいと思ったんですか？」

「そうじゃなくて——わからへんかってん。お義母さんが絵付けしたこけしがどれか」

「え？　でも写真があったのに」

「似たような顔のこけしがいくつもあったから」

カラーセラピー入門の受講者に紛れながら、棚の上に並んでいるこけしを見つけた。だがよく似たこけしは三体あり、送られてきた画像と見比べてみても、どうしてもそれが姑のこけしだと判別しきれなかった。

これ以上、ここにいたら人目につき、怪しまれる。

「それで思わず三体ともバッグに入れてしまった。でも盗んだあと、どうしたらいいか、何も考えてなくて」

迷ったあげく、屋上の神社に持っていくことにした。

祈願はしない。ただ置かせてもらおう。

「神主さんがきっといいようにしてくれるって」

「今はまだ、預かってもらってます」

「そう。引き取りに行かなきゃね。持ち主の人に返さなきゃ」

被害届は出されていない。麻由実がどれほどの覚悟をもってこれらの行為をしたのかはわからないが、その表情を見れば腹を括《くく》っているのはわかる。

「もう新しいこけしに絵付けしてましたよ」

だから古いこけしは不要ではないか。苑子は思わず、そう言っていた。

「知ってる」

だが麻由実は笑ってまたスマホを苑子に見せる。

「あ」

「昨日の講座中にはさすがに仕上がらへんかったみたいやけど、家に帰って完成させはってんて」

頭部も体部分も絵付けされたこけしが写っていた。

〝前のよりも上手に描けたと思わない？　それで、麻由実さんはいつ時間がある？〟

「もう、気ぃが抜けたわ」

お参りには諦めてつき合うしかない。

「謝罪するのが先やけど。お義母さん、許してくれはるかなあ」

「安達さん……」

紙のコップはもう冷え切っていた。飲み頃を過ぎたカフェラテを一気に半分くらい喉に流し入れながら、苑子の中にとある疑問が蘇《よみがえ》った。

「安達さん。あの日、四時過ぎに階段でわたしと会いましたよね」

「……そういえば、そうやったね」

「教室からこけしを持ち出したのが一時四十五分。それから二時間も何をしてたんですか」

「ああ。それね」

人が、いたのだという。

ちょうど、鳥居に近づこうとした時、祠の裏でがさごそと音がした。麻由実は慌ててすぐ横の建物の陰に隠れた。

「だって、こっちは盗んだものをこっそり処分してもらおうとしてるんやもん。誰かに目撃されるわけにいかへんと思って」

祠の裏から出てきたのは若い男性だった。

「えらいカジュアルな恰好してたけど、神社のまわりを掃除してたから、ひょっとしたら、あれが瀬戸ちゃんが言うてたイケメンの神主さんやろかって」

「たぶんそうです……って、わたし、神主さんがイケメンなんてことまで話しました？」

「酔っぱらいながら話してくれたやん。イケメン神主が屋上にいるって。お弁当とお菓子を交換してるのはさっき聞いたばかりやけど」

「その話はいいんです」

「照れんでも」

「それで、どうしたんですか」

「神主さんやったら、掃除が終わったら帰りはるやろと思って、ずっと建物の陰で待っててん」

だが、彼はなかなか帰らない。なぜか屋上の扉のほうをちらちら見ているので、麻由実も諦めて帰ることもできない。

しまいには、なぜか神主は狛犬の台の下に座り込み、その場に落ち着いてしまった。ちょうどそこから屋上の扉がよく見えるのだ。

麻由実は動くに動けなくなったのだという。

「それから気がついたら二時間よ。よくあの寒い中、我ながらよう我慢したわ、わたしもあの神主さんも」

「神主さん、その時、寝てたみたいですけど」

「はっ？　寝てたの、あの神主」

「って、言ってました」

「何や。それやったら帰ってもよかったんやん。結局、見つかってしもたし」

ようやく神主が腰を上げて帰ろうとしたところで、麻由実は緊張感が解け、フライング気味に鳥居の前に出て行ってしまった。大丈夫。神主とはすれ違っただけだ。顔は見られていない。

その後、そそくさとこけしを目立たないところに放置し、賀上神社を後にしたのだった。

「わたしもびびりすぎてたんやね。人間、悪いことすると、あかんなあ」


翌週月曜日。

運よく昼休憩に屋上で幹人に会えた苑子は、こけし三体を引き取り、真辺に渡しに行った。なぜか、幹人も一緒についてきた。

「あとで事情を話してくれると、瀬戸さん約束したでしょう」

「真辺部長には黙っていてくれますか」

頷いてくれたので、階段を下りながら説明する。こけしを持ち去った人物が元同僚であることも、その理由も。

その麻由実は、先ほど警備員室を訪れ、自分がやったと打ち明けたらしい。賀上神社にこけしを放置したことも話し、そこから真辺に言われて苑子が神社まで取りに行ったという経緯だ。

自分が苑子の元同僚だと知られれば、苑子にまで迷惑をかけてしまう、と麻由実が言い張ったのだ。

だが真辺にはばれていた。

「あの女性。瀬戸さんの知り合いでしょう」

「――はい」

もとより、感情が顔に出やすいのは自覚している。防犯モニターで麻由実を見つけたときの苑子の様子を、真辺はやはりちゃんと見ていたのだろう。けれどそれだけではなかったようだ。

「うちはね、管理会社だから。いたずらにせよ紛失にせよ盗難にせよ、何かあったときはとことん調べるんだ。セキュリティっていうのが呪いの言葉でね」

第五教室付近の防犯カメラだけではなく、その後、非常口あたりのカメラも徹底的にチェックした。

すると、午後の最初の講座が始まる二十分前、九階の階段室の扉からベージュのコートの女性が入ってきた。そして七分後、同じ扉から出ていくのが録画されていた。不審に思い、再度、第五教室付近の動画を確認すると、教室に一度入ってしばらくして退室し、そのまま戻ってこなかった女性とよく似ていた。

同じ場面で、苑子が一瞬、動揺したことも思い出した。さらに調べると、その女性は一時半頃、屋上の神社に行くと言って地下二階の警備員室の前を通り、四時過ぎにまたその前を通ってビルの外へと出ている。

「調べようと思えば、そこまでわかるんですね」

苑子は呆気《あっけ》に取られた。

「被害がたかが素人作の未完成のこけしなのに、ほかにやるべきことがないのかと言われるだろうが、我々にとってはこれが最優先の仕事なんだよね」

だって、管理会社だから。にこりと真辺は笑った。

麻由実に特にお咎めはなかった。他のこけしの持ち主に直接、謝罪をしたがっていたが、講座はもう終了しており、そのために、わざわざ近野ビルに足を運んでもらうわけにはいかない。また、個人情報の件もあり、受講者たちの住所を教えることもできないので、自宅に謝りに行くのも不可能である。代わりに文化教室の事務局である須田メンテナンスの総務部が事情を話しに自宅を訪ねるのは可能だが、電話で連絡をしたところ、もうけっこうだと言われたという。

「理由は、お聞きになりましたか」

「ざっくりとだけどね。女性の心理は理解できるようでできないが、彼女に悪気がなかったのは僕にも理解できる」

「その方はきっと、お姑さんのことがとても好きなんだと思います」

徐に、幹人が言った。

「お姑さんが丹精込めて絵付けしたこけしを奉納して、それでも成就しなかったら、と考えたのではないでしょうか。お姑さんを悲しませたくなかったんですよ」

不思議なことに、幹人の言葉はすとんと苑子の中に落ちてきた。

どうしてもいやだった。それも麻由実の本心だろう。けれど姑のことを話す麻由実の表情に嫌悪はなかった。少なくとも苑子の目にはそう見えた。

「なるほどねえ。やっぱり、僕にはよくわからないけれど」

「そうそう。真辺さん。瀬戸さんはやっぱりすごいんですよ」

何がそうそうなのか。幹人はいきなり話題を変える。

「ん?」

「この三体のこけし、ちゃんと区別がつくんだそうです。ね、瀬戸さん」

満面の笑みで話を振られる。

「ええ、まあ」

「そりゃあすごい。履歴書に偽りなしだね。人の顔だけじゃなくてこけしの顔も覚えるのが得意なんだなあ」

まったく、褒められている気がしなかった。それより、なぜ苑子の特技を幹人までが知っているのか。

「ああ。そうだ。真辺さん瀬戸さん。変更になったんです」

と、また、幹人が話を変えた。

「変更？」

「三月予定だった挙式です」

この前言っていた、屋上の賀上神社での結婚式の話だろうか。何度も階段参道を行き来して、しまいには倒れてしまったあの女性の。

「ええと、いつになりましたか」

真辺が背広の内ポケットから手帳を取り出し、ページを開く。

「それが急なんですけど、今月の第三土曜日がご希望ということで、うちとしては問題がないので承りました」

「ていうことは、来週の土曜か。本当に急だなあ」

「その日が大安なんです。どうしても年内に式を挙げたいとおっしゃいまして」

「なるほど。僕は構わないですよ。そういうわけだから、瀬戸さんもよろしくね。倉永さんにも言っておいて」

「は？」

須田メンテナンスが賀上神社を管理しているのは聞いた。ビルが閉ざされていると、幹人でさえ神社には行けない。基本的にビル全体が施錠されている土曜日に式を挙げたいというのだから、それを開ける作業は必要だろう。

けれど、なぜ苑子と千晶まで関係があるのか。

「休日出勤。ちゃんと手当は出すから」

神前式

1

礼服に身を包んだ人々がロビーのラウンジに集っている。

土曜日はビル内のどの会社も休みなので、平日のようにビジネスマンたちの行き交う姿もなく、ロビーの一角のほかはしんと静まり返っている。

式が始まる三十分前になった。

苑子は人々に声をかけてエレベーターに案内し、十階フロアまでやってきた。総務部の美冬も一緒だ。

引率したのは、第一貸会議室である。扉には「辻原家三浦家控室」と書かれた紙が貼ってある。

中ではすでに新郎新婦が両家の親族と共に準備を整えて待機していた。部屋の奥に間仕切りのパーテーションがあり、男性用女性用に分かれた着付け室が用意されている。

白無垢《しろむく》に身を包んだ花嫁と黒紋付きの新郎のもとへ、友人たちとおぼしき参列者が群がり、ほかの参列者たちはそれぞれの親族が相手をする。総勢としては二十人足らずで、セミナーなどのときよりは少ないが、おめでたい場だけに賑《にぎ》やかさは比べ物にならない。ビル管理会社に就職して、まさか結婚式の仕切りまですることになるとは思わなかった。

苑子は内心、落ち着かなかった。結婚式に参列したことはあるが、神前式は初めてだ。ひととおりのマニュアルは頭に叩《たた》き込んだが、しきたりも何もにわかの知識である。他人様《ひとさま》の一生に一度の晴れの場で粗相をしては大変だ。

式自体、年に二回あるかないかのことだそうだが、千晶は慣れた様子で招待客たちへの挨拶を繰り返していた。遅れてくる招待客のために、もうしばらく受付で待機しておくそうだ。

苑子と美冬の役目は参列者たちをこの貸会議室に案内し、さらには式を行う賀上神社へと導くことである。

いや、正確には、導くのは苑子たちの役目ではなかった。

「ご足労賜りますが、ここからは階段でお願いいたします」

十階から屋上までは階段しかない。そしてこの一階分の階段のみを、この日は参道とするという。新郎新婦と参列者が一列になり、社《やしろ》のある屋上へと向かう。

「参進《さんしん》の儀《ぎ》」と言われているそうだ。いわゆる花嫁行列である。

先導するのは巫女《みこ》である。

正式な巫女ではない。賀上神社に巫女はいないらしい。

それがアルバイトだと聞いても苑子は特に驚かなかった。神社の繁忙期に巫女募集という求人もよく目にする。ただ、アルバイトやパートを含めた須田メンテナンスの従業員のうち、いちばん若い女性がやるのだと聞いた時は耳を疑った。神社を管理すると、そこまでしなくてはならないのだ。ここが崎田商事の自社ビルだった頃は、受付担当だった女性が巫女をしていたという。

と同時に、何かが苑子の中で引っかかった。けれど、それが何かまではわからなかった。

ともあれ、白羽の矢が立ったのが最年少アルバイト従業員。清掃員の有来だった。

真辺に呼び出され、この任命をされる瞬間を苑子も見ていたが、黒縁メガネに白マスクの面輪《おもわ》が愕然《がくぜん》として固まったのが見て取れた。そんな、無理です——と尻込みをする有来を、大丈夫よ、たいしたことはさせられないから、と宥《なだ》めたのは、去年の式で二回巫女役を務めたという美冬だった。

花嫁行列を屋上まで率いていくことと、三三九度の盃にお神酒《みき》をつぐのが主な仕事らしい。

白い着物に朱色の袴《はかま》を穿《は》き、髪を後ろで束ねた有来は心細そうな顔をしながらも、楚々《そそ》とした姿で行列の先頭を歩く。

無機質なバックヤードの階段室を行く花嫁行列は、客観的に見ればなかなか非現実的かもしれない。にもかかわらずそれなりの雰囲気が出ているのは、美冬が手にしている音楽プレーヤーから雅楽の演奏が流れているからだろうか。

階段での参拝に文句を言う招待客はいなかったが、見るからに足元が危うそうな年配の女性もいた。

「参りましょう」

「どうも」

留袖を着た七十代ほどの女性は差し出した苑子の手を思いのほか強い力でぎゅっと摑《つか》み、一段一段、踏みしめるようにして段を上がった。

「お足元、お気をつけくださいませ」

美冬が屋上の扉を開け、客たちを外へ導く。

見慣れた殺風景な屋上にはいつもと違う風景が広がっていた。

鳥居の手前に二列、椅子が並んでいた。新郎新婦と近しい順に、社に向かって右に新郎側、左に新婦側の親族が座る。

祠《ほこら》のほうから神主が歩いてきた。パンフレットに載っていたような、烏帽子《えぼし》に狩衣《かりぎぬ》姿のまさしく神主で、それがいつもカジュアルな恰好《かっこう》をしている幹人であることに一瞬気づかなかった。

(――神主さん)

その面差しはお饅頭《まんじゅう》を頬張っている時とはもちろん違い、けれどこの社を清めている時の真摯な表情とも違う。

もっと――何と表現すればいいかわからないが、ああ、これがこの人の本業の顔なのだ、と苑子は思った。

神主による新郎新婦と参列者へのお祓《はら》いが終わった後、祝詞奏上《のりとそうじょう》が始まる。読み上げられる祝詞は独特で、いつもの幹人の声とはかけ離れている。目の前で見ていても、まるで口パクのような違和感があるが、間違いなく、それは彼の声音なのだった。

式の様子を、若い男性が覚束《おぼつか》ない手つきで撮影していた。礼服も着せられている感じがあり、プロのカメラマンではないのがわかる。

神前結婚式も神社が用意している結婚式プランがあり、記念写真やさまざまなシーンでの写真撮影がついていたりするのだそうだが、賀上神社は衣裳《いしょう》、つまり白無垢や紋付き袴の用意とその着付けだけだと聞いている。カメラマンは新郎か新婦の友人、あるいは親類のひとりかもしれない。

儀式は淡々と進められた。

所作に従って青地に金の紋様が入った狩衣の袖が揺れるのを、われ知らず、苑子は食い入るように見つめていた。

気がつけば、新郎新婦の誓詞奏上《せいしそうじょう》も指輪の交換も終わっており、参列者たちも固めの盃のお神酒を口にしていた。

神主による挨拶をもって、式は滞りなく終わった。

新郎新婦と参列者が退場していく。一旦、控室に戻り、そこで解散の予定だ。その後は親族だけで近くのホテルで食事会を行うらしい。年末とはいえ、大安の土曜日。二週間前では披露宴会場など押さえられるはずもない。どちらにせよ、もちろんそれはもう須田メンテナンスの仕事ではなかった。

「瀬戸さん」

何事もなく式が終わり、ほっとしていると声をかけられた。

「神主さん」

振り返ると、幹人が狩衣の袖を広げて立っていた。まるで、七五三に着物を着た子どもがまわりに披露するかのような仕草だ。いつもの声音だが、それはそれで狩衣姿にはそぐわない。

「見たがっていたでしょう。これ」

「はい。神主さんの神主姿、堪能しました」

賀上神社での挙式の話が出た時、苑子の要望が叶《かな》うかもしれないと言っていた。幹人は賀上神社での挙式の手伝いに苑子も駆り出されるとわかっていたのだろう。

「あれみたい。映画の陰陽師《おんみようじ》」

「ああ。あれですか」

「いつもとは別人です。前髪、上げてるし」

「よく言われます」

「ちょっと老けて見えます」

「それもよく言われます」

「神主さん、三十一歳ですよね」

「よくご存知ですね。僕、言いましたっけ」

千晶情報だ。さあ、どうでしたっけと苑子はごまかす。

「瀬戸さんは」

「四つ下です」

「あ。けっこう」

年、いってるんですね、と言いかけたのか、幹人は途中で言葉を微笑《ほほえ》みに変えた。

そのまま、会話が途切れる。もう少し、話していたい。そう思ったけれど、参列者の最後尾が扉の向こうに消えていくのが見えた。

「……花嫁さん、きれいでしたね」

それでもこの時間が終わってほしくなくて話を続けた。幹人も何かを返そうとしていたのに、扉が閉まる音を聞いて、それを遮ってしまう。我ながら真面目な性分で困る。

「もう行かなきゃ」

「はい。では、また」

「――はい。また」

苑子は頷《うなず》いた。これは、約束だろうか。

「――もうちょっと話してればよかったのに」

「わっ」

扉を開けたところに千晶がいた。受付を終えて、途中から式に参加していたのだ。

「何ですかもう。びっくりするじゃないですか」

「松葉さんにギャップ萌《も》えしたんじゃないの」

「そんなんじゃありません」

ふうん、と斜《はす》に苑子を見る。

「やっぱり子持ちっていうのがひっかかる？」

「だからそんなんじゃ」

ないとは言えなかった。だが幹人と話しているときはその事実を忘れそうになる。実際にその息子を見たことがないからだ。幹人の父としての顔を見たことがない。だからふいに思い出させられると、胸の苦しみより、ただただどうしていいかわからなくなる。

そこで苑子は立ち止まった。――いや、違う。おそらくは、見たことがあるのだろう。あの男の子は、やっぱりきっと、そうなのだ。一度会ったことがあるだけで何の証拠もないのに、苑子は確信している。それでも、つい、見なかったことにしてしまう。

「倉永さん……」

「なに？」

神主さんの亡くなった奥さんって――。

千晶は、知っているだろうか。訊《き》いてしまいそうになり、慌てて、言葉を呑《の》み込む。大丈夫。言葉にはなっていない。顔にも、出ていないはずだ。

「何なの、瀬戸ちゃん」

「いえ、何でもありません。それより、早く控室に戻らないと」

貸会議室では帰り支度が始まっていた。まずい、と呟《つぶや》いて、千晶が急いで受付に戻る。参列者のお見送りまでが仕事だった。美冬が代わりに一階までついていったようだ。

最後には花嫁とその母親だけが残る。新郎を含め、ほかの人々はホテルで着替えをするようだ。あともうひとり、巫女姿の有来もいた。男性がみな出て行ってから、着替えようとしていたらしい。

そこで苑子はやっとゆっくり花嫁の顔を見た。

「佐織さん、本日はおめでとうございます」

「ありがとうございます。瀬戸さん」

佐織は希望通り、忠司に求婚され、賀上神社で挙式した。

その報告を苑子にするためにわざわざ受付まで来てくれたのは、休日出勤を言い渡された翌日だ。

幸せの絶頂だろう。だが佐織の顔色は優れないように見えた。疲れが出たのかもしれない。普段から、貧血気味だとも言っていた。これから食事会なのに、大丈夫だろうか。

佐織の着替えを手伝う。白無垢を着せるのは到底無理だが、脱がせるのは難しくはない。着付け担当は、着付けのみなのだそうだ。使い終わった装束を預かり、賀上神社へと返すのも須田メンテナンスの仕事だ。

男性が誰もいないのでわざわざ間仕切りの向こうに移動することなく、その場で装束を解いていく。

シンプルなワンピース姿になったところで、母親の携帯電話が鳴った。誰かに呼び出されたらしく、ひと足先にホテルへ向かうと言って貸会議室を出ていく。

佐織は大きくため息をついて椅子に座り直した。と同時に、その椅子から崩れ落ちた。

「佐織さん？」

「大丈夫ですか！」

いまだ巫女姿の有来も駆け寄ってくる。

「……ちょっと気分が悪くなって」

佐織は口元を手で覆い、吐き気を押えるように蹲《うずくま》った。

「お疲れが出たのかもしれませんね」

「あの。ひょっとして花嫁さん。妊娠してるんじゃ」

気遣う苑子の声に、有来の言葉が重なった。

「えっ」

苑子は驚いて、佐織のお腹《なか》を見つめ、それから有来を見上げた。

「違ってたらごめんなさい。そんな気がしたので」

有来には姉がふたりおり、去年出産した上の姉がつわりで苦しんでいたときの様子と重なったのだという。

「——はい」

佐織も小さく顎を引き、それを認めた。

「じゃあ、二重のおめでたですね」

苑子は佐織の背に手を当てながら言った。

「まだ、まわりには言ってないんです」

「え?」

佐織が立ち上がろうとしたので、両脇を苑子と有来で支えながら椅子に座らせる。

「誰も、ご存知ないんですか？」

「忠司さんだけ知ってます。本当は忠司さんにも知られたくなかった」

どういう理由があるのだろう。苑子と有来は目を見合わせてから、俯《うつむ》く佐織の様子を窺《うかが》った。

「だって……子どもができたから仕方なく結婚なんて、いやなんだもの」

佐織が妊娠に気づいたのは、あの無茶な参拝を決行した数日前だという。どうしても、妊娠を忠司に知られる前に、プロポーズをしてほしかったのだ。佐織の両親は、佐織ができたから結婚した。そう聞かされていた。まだ両親とも若く、当時は学生だったという。佐織ができなければ別の人生があったのに——ある時、父が昔からの知人にそう零《こぼ》すのを聞いてしまった。佐織が中学生の頃だった。離婚の危機さえあったと聞いて、愕然とした。

「だから自分だけは絶対順番を間違えないって。そう思ってたのに」

子どもができたことはうれしい。忠司とも結婚したい。けれど、子どものために結婚した、と忠司が思ってしまうのだけはいやだったのだ。

「なのに、あのクリニックの看護師さんが忠司さんにぽろっと言ってしまってたみたいなんです」

「クリニックって、あの日——階段で倒れたときの」

「はい」

クリニックの医師には問診されるうちに妊娠の可能性も問われ、正直に話していた。横にいた看護師も聞いており、忠司が留守電を聞いてクリニックにやってきたときに、それを話してしまったのだそうだ。

佐織の誕生日に、忠司はプロポーズをしてくれた。でも、子どものことも知っていた。はたして彼は、子どものことがなくても佐織にプロポーズをしてくれたのか。それとも——。

「あんなに待ち望んだプロポーズなのに、わたしは不安で不安で……それで忠司さんに無理を言って挙式も早めてもらったんです」

お腹は白無垢だとさほど目立たない。挙式は妊娠が安定期に入った三月ごろにしようと話し合い、賀上神社にも予約を入れた。

それなのに、佐織は日を追うごとに不安になり、どうしてもできるだけ早く式を挙げたいと無理を言い張った。

なぜこんな寒い時期に強引に式を挙げたいのか。難色を示す忠司に、

——順番通りにしたい。妊娠をまわりに知られたくない

とだけ佐織は答えた。忠司の本心を問うことは怖くてできなかった。

ならば、入籍だけを先にすればいいという忠司のもっともな案にも、首を縦には振ら

なかった。

「でも賀上神社で式を挙げれば大丈夫だと思ったの。あそこで式を挙げた夫婦は絶対に別れない。幸せになれる。一刻も早く、式を挙げて、縁を強く結んでもらおうって。完璧な縁を最良の日に結んでもらおうって」

いちばん近い大安の日が今日だった。急な式だから、親族友人も来れる人は少ないかもしれない。結果的に二十人は集まってくれたが、もし招待客が誰もいなくても、親兄弟さえ都合がつかなくても、式だけならふたりでも挙げられる――本音を半分隠しながらの佐織の必死の訴えに、忠司も最後にはしぶしぶ頷いた。

「……だからこれでもう、大丈夫。わたしは幸せになれる」

佐織は自分に言い聞かせるように呟いた。

そろそろホテルに向かうという。苑子は一階ロビーまで付き添い、歩いて十数分のホテルだが、心配なのでタクシーを止めた。

後部座席に乗り込む佐織を見送りながら、苑子はふとあることを思い出して、彼女を引き留めた。

「あの！　待ってください」

「…………？」

「思い出したんです、わたし。辻原さんがうちの受付に賀上神社の婚礼用パンフレットを取りに来たこと」

「婚礼用パンフレット……そういえば忠司さん、それを持ち出しながらプロポーズをしてくれたわ」

——佐織、ここで式を挙げよう
それがプロポーズの言葉だったという。

「そのパンフレットを受付に取りに来たのは、あなたの妊娠を知る前です。少なくとも、クリニックから連絡が行く前。間違いないです」

「本当に……？」

「はい」

ずっと強張《こわば》っていた佐織の面輪がかすかにゆるんだ。

「——ありがとう」

やっと、花嫁らしい表情になった。そんなことを苑子は思った。

2

施錠をするために貸会議室に戻る。有来の着替えは終わっただろうか。

だが苑子が戻ると、有来はまだ巫女の装束のままだった。何をしているのか。床に這《は》いつくばって、スチール棚の下を覗《のぞ》き込んでいる。前にもよく似た光景を見た。あのときは落としたヘアピンを探していると言っていたけれど。

「今度は何を落としたんですか」

「わっ」

有来はひどく驚き、その場に座り込んだ。

「一緒に探しましょうか?」

「いえ。いいんです。見つかりそうにないので。すぐに、着替えますね」

あたふたと脱ごうとするが、千早《ちはや》と呼ばれる羽織の胸紐《むねひも》が絡まってうまく解《ほど》けないようだ。

「待って。手伝います」

「すみません……」

手伝うと言ったものの、なかなか複雑に絡み合っていて苑子も悪戦苦闘する。黙って向き合っていると、妙な空気感が生まれる。何か話そうと思うが、紐を解くのに気を取られて言葉が浮かばない。

「縁って、解けたほうがいい縁もありますよね」

あと一本。この紐を抜いたら解ける、というところで有来が言った。苑子は思わず指を止める。

「解けたほうがいい縁?」

もしかして、先ほどの不審な行動に何か関係があるのか。

「賀上神社で婚礼の儀をすると離婚しないって。あれ、信じないほうがいいですよ」

だが有来の話は思わぬ方向へ転がった。

「え？」

「嘘《うそ》なんです」

「そ、そうなんですか？」

「別に神社が嘘をついてるとかじゃないと思います。離婚しないとか、誰が言い出したのかは知らないですけど、神社の人が広めてるわけじゃないみたいだし」

ようやく、胸紐が解けた。薄い羽織がはらりと床に落ちる。

「ありがとうございます。あとはひとりでできます」

「あ、はい」

緋袴《ひばかま》の腰帯を解きながら、有来は言った。

「うちの両親がいい例です。賀上神社で式を挙げましたけど、わたしが十二歳の時に離婚しましたから」

「あの——倉永千晶は、今日は休みでしょうか」

そう言って、ひとりの男性が受付にやってきたのは、ちょうど千晶が昼休憩に行った直後のことだった。スーツに黒のコートを羽織った三十代半ばと思《おぼ》しきビジネスマンは、今日だけで十人以上は接客したが、受付担当を名指ししてきた客は初めてだ。

「どちらさまでしょうか」

言葉から、千晶の身内なのだろうと推察する。

苑子が丁重に訊《たず》ねると、

「倉永と言います」

案の定、男性はそう答えた。

「千晶の、夫です」

だが、これには少し驚く。身内と言っても、兄弟か何かだと思った。顔が千晶と似ていたわけではないが、夫なら、妻が休日かどうかくらい知っているだろう。

知らず、苑子は不審げな目を向けていたのだろう。男性は名刺を取り出し、受付カウンターの上に差し出した。

倉永春介《しゅんすけ》、と書いてあり、会社名を見ると、このビルに入っている会社の支社の課長とあった。支社は千葉にあるらしい。都心からは通えないわけではないだろうが、もしかしたら単身赴任でもしているのだろうか。だから、妻の出欠勤を知らなかったのかもしれない。

「倉永さんは、今、休憩に行かれています」

「休憩？」

倉永氏は時計を見てから、「ああ、そうか」と呟く。十一時四十五分。通常は十二時から一斉に休憩を取るのだろうが、受付はふたり交代制なので、早いほうは十一時半から休憩に入る。

「戻られるのは十二時半ごろです。連絡してみましょうか」

千晶はいつもオフィスのミーティングルームでお昼を食べている。幼稚園へ行っている子どもに持たせるお弁当を作るついでに自分のも作っているらしい。おかずをいろいろ作るのが面倒だから、自分も同じ幼稚園児メニューなのだと言っていた。連絡すればすぐに戻ってこられるだろう。

「いや――あそこで待たせてもらいます」

だが倉永氏は会釈をすると、ラウンジに向かって歩き出した。外がよく見える位置のソファに座り、けれど、目はずっと受付カウンターかエレベーターのほうに向けている。千晶が戻ってきたらすぐにわかるように、だろうか。

（本当に、旦那さんなのかな）

そんな疑問が苑子の頭をよぎる。夫ならば事前に千晶に連絡してから来ればいいはずだ。たまたま思い立ってやってきたとしても、不在とわかれば自ら千晶の携帯電話に掛ければいい。それなのに。

四十分ほどして、千晶が戻ってきた。

「あ。倉永さん、お客様が」

「お客様？」

「ラウンジでお待ちです」

苑子に言われてラウンジのほうを見た千晶は一瞬で顔色を変えた。わずかに、後退《あとずさ》りをしたが、カウンターの端で留まった。

千晶が相手を確認するよりも前に、倉永氏が千晶を見つけ、こちらに歩いてきていた。

「千晶」

「春介さん――何の用なの」

「話がしたい」

「今はまだ、話すことはありません」

千晶は倉永氏の目から逃れるようにカウンターの中に入り、椅子に座った。

「こちらにいられては他のお客様のご迷惑になります」

ビジネスライクな口調で夫をあしらう。

「そんなことを言ってまた逃げるつもりだろう」

「逃げてなんていません」

「電話をかけても取ってくれないし、メールも無視するじゃないか」

「とにかく。今は勤務中なので、プライベートなお話はできません」

けんもほろろに拒絶する千晶に、苑子のほうがはらはらと成り行きを見守ってしまう。

何だろう。単なる夫婦喧嘩《ふうふげんか》？　それとも。

そんな苑子の様子に気づいた千晶がいつもの完璧な笑顔を作る。

「瀬戸さん。いいから休憩に行ってきて」

「でも」

「大丈夫。ストーカーとかじゃないから。わたしの夫だから」

やっぱり夫で間違いないのか。夫を騙《かた》ったストーカー、という線も、実は疑っていた。

いや、夫でもDV夫という可能性もある。そういう男はともすれば、外面だけはいいと聞く。

すると、苑子の考えていることはそこまでわかりやすいのか、徐《おもむろ》に千晶が制服の袖を捲《まく》った。

「痣《あざ》とかも、ないから」

「わかりました……」

千晶がそう言うのならば仕方がなかった。横で倉永氏が苦虫を噛《か》み潰《つぶ》したような顔をしていた。

屋上にはいちだんと冷たい風が吹いていた。

いつのまにか十二月も半分以上が終わり、本格的な冬が来ているのに、寒さに凍えながらも苑子は毎日ここで昼休憩を過ごしている。

凍えながら待ち人を待つ、というのもこの季節の夜の街なら似合うのかもしれない。そういえば今週末はクリスマスだ。今年の自分には無縁すぎて町のイルミネーションもあまり目に入ってこない。

それでも今、苑子には待ち人がいる。待ち合わせもしていないのに、勝手に凍えながら。昨日の月曜日は会えなかった。今日も、すでに休憩時間は半分終わっている。

クリスマスツリーではなく、鳥居を眺めながら待つ。うーん。あまり絵にはならないかも。

「どうしたんです?」

あまりに自然に声を掛けられたので、

「思い出してたんです。この間の土曜日のこと」

苑子も振り返って普通に返事をした。いつのまにそこにいたのだろう。屋上の扉が開く音にも気づかなかった。

「あの婚礼の儀ですか。実はちょっと楽しみにしてたんですけど」

「何をですか？」

「瀬戸さんが巫女をするのかなって」

「まさか。あれはうちの会社でいちばん若い子がするんです」

「うん。だから瀬戸さんがするのかと思ってたんです。この間、お年を聞くまで」

本当に残念そうに言うので、苑子はどう答えればいいかわからなくなった。

「神主さん、お式の最中は人間ばなれした風格を漂わせてましたよ」

「陰陽師みたいな、でしょう」

「はい」

話しながらも、幹人はいつものように社を清めていく。苑子は邪魔にならないように離れたり、立つ場所を移動したりしながら、幹人の姿を見ていた。

その後に、苑子は短い石畳を歩き、お賽銭箱《さいせんばこ》に小銭を入れて手を合わせる――いつしかそれも習慣になっていた。幹人がいないときも、ひそかにしている。何を祈るかは別に決めていない。手を合わせたその時々に自然と浮かんだことを願っている。ひとつだけのときもあれば、欲張りにふたつみっつ願ってしまうこともある。

午前中に仕事で何かトラブルがあれば、午後は何事もなく終えられますように。安達さんがお姑《しゅうとめ》さんとうまく行きますように。何かよくわからないけれど、有来さんの探し物が見つかりますように。佐織さんと忠司さんが幸せになりますように。

そして、幹人がまだ来ていないときは。

神主さんに会えますように――苑子はもう自覚している。たぶん、幹人のことが気になっている。

今日は――さきほどの千晶の顔が浮かんだ。倉永さんの揉《も》め事がうまく収まりますように。

「いつもありがとうございます」

目を開けると、幹人が丁寧に頭を下げていた。苑子はたちまち恐縮する。

「本当はぽんっとお札とか入れてみたいんですけど、小銭ですみません」

そのくせ、たまにみっつも願い事を唱えてすみません。

「いいんです。神様は気紛《きまぐ》れなので、少額で叶えてくださることもあれば、多額でも、そうでないこともあります」

「神主さんがそんなこと言っていいんですか」

「ここだけの話にしておいてください」

幹人はいたずらっ子のように笑いながら供え物を入れ替え、苑子をいつもの指定席へ促した。

「あの」

「何ですか」

「賀上神社で挙式すると離婚しないって」

本当ですか、と訊くのも失礼な気がして、あいまいな問いになる。

「さあ。どうでしょうね。わざわざ離婚したと報告してくる方はいませんので」

それはそうだ。けれどそれは暗に、離婚した夫婦もいるのだと認めているようなものだろう。現に、有来の両親はここで式を挙げ、だが離婚したと言っていた。

「それに……離婚だけが別離の理由とも限らないですし」

「え？」

「僕もね。ここで婚礼の儀をしたんです」

幹人はそこで言葉を止めた。苑子は先を促さなかった。それで、苑子も事情は知っているのだと幹人も理解したらしい。

幹人は妻と死別した。賀上神社で式を挙げながら、早々に別れはやってきた。

「けれど、僕は不幸せじゃない。妻はいなくなってしまったけれど、陽人《はると》がいます」

初めて、幹人が亡き妻と息子のことを語るのを聞いた。その時は、きっと苑子には見せたことのない顔をするのだろうと覚悟していたのに、家族のことを話す横顔は淡々としていた。何も変わらず苑子の見知っている幹人で、逆に彼の妻と息子は、いつも彼の一部で一緒にいて、今まで苑子が見逃していただけのような感覚に陥った。

誰かの夫であり父親である幹人を、苑子は見ようとしていなかった。それだけのことなのかもしれない――。

「このコロッケ冷えてもおいしいですね」

そんなふうに、会話は流れるように苑子の日常に戻ってくる。けれど、幹人にとっては家族の話と苑子のお弁当の話は分断されておらず、同じ日常の中にあるのだろう。

「すみません。それ、冷凍食品なんです」

今日はアスパラのベーコン巻を食べてもらうつもりだったのに、幹人の爪楊枝《つまようじ》は少し空いたスペースを埋めるために使った冷凍コロッケを選んでしまった。

「へえ。どこのメーカーのですか。今度、うちでも買ってみます」

幹人は感心したように言った。

苑子が答えると、ぶつぶつと口の中で繰り返しながら覚えていた。有名なメーカーだから、忘れることはないだろうが。

「それと」

急に、幹人が表情をあらためた。少しだけ落ち着きをなくした様子で苑子を見る。

「お願いがあるのですが」

「お願い?……何でしょう」

つられて、苑子も身構える。

「卵焼きを作ってほしいんです」

「卵焼き？」

「はい。いつも一切れいただいている卵焼きを。できればこれくらいの容器いっぱいに」

言って、両手で容器の大きさを作る。苑子の弁当箱くらいだろうか。

「それは全然かまいませんけれど」

どういう意図があるのだろう。いつも一切れだけだから、もっとたくさん食べたいということだろうか。それならば単純にうれしいが、思わぬ希望に、戸惑いが膨れ上がる。

「陽人にも——息子にも食べさせたいんです。その卵焼きを」

「息子さんに？」

ますます苑子は動揺した。幹人の言葉に勝手に他意を読んでしまう。

「わかりました。明日、作ってきますね。あ。神主さんは明日、いらっしゃいますか」

幹人はほっとしたように頷き、楽しみにしていると言って笑った。初めての、待ち合わせの約束だった。


「どうしたの瀬戸さん。何だか上の空じゃない」

休憩後、カウンターに戻り、千晶の横に座るや否《いな》や、そう言われた。

「気のせいです」

苑子は顔を引き締め、背筋を伸ばす。

「それより、倉永さんは大丈夫だったんですか。旦那さま」

倉永氏の姿は近くに見えない。帰ったのだろうか。

「あっちも仕事の途中で寄っただけだから。わたしの仕事終わりに会うことにした」

「そうですか」

とだけ返して、苑子は業務態勢についた。とはいえ、十二月の四週目ともなると文化教室の講座も今期分は終了している。ビルの外の師走《しわす》の忙《せわ》しなさに対して、受付ロビーは比較的閑散としていた。

「――別居中なの」

唐突に、千晶が言った。

「え?」

「夫と。三か月くらい前から」

「単身赴任じゃなくてですか?」

「何で単身赴任?」

「名刺に、千葉にお勤めって書いてあったので」

ああ、と千晶は納得したように息をついた。

「表向きは、そうかもね。通えない距離じゃないけど」

冷戦中なのだそうだ。原因は、倉永氏の浮気だという。

「う、浮気……」

話題が一気に生々しさを帯びた。

「発覚したのと転勤がほぼ同時期だったの。だからわたしは別居のつもりだけど、彼は単身赴任のつもりなのかもしれない」

だから週末になれば都内のマンションに帰ってくる。千晶は顔を見るのもいやなので、息子と一緒に近くにある実家へと向かう。それがもう三か月も続いているらしい。

最初は実家にもやってきて頭を下げていた。今も、毎週やってくる。

「だけどそれも今じゃ、お決まりのパフォーマンスみたい。何も伝わってこない。彼の気持ちも、どうしたいのかも」

インターホンを押すだけ押して、今週も訪れたという事実だけを残し、数分もしないうちに背を向けて帰っていく。

「まあ、でも。わたしじゃなくて、息子に会いたいんでしょうね。それはわかってるし、息子にも悪いとは思ってるんだけど、でも」

まだ彼は、その浮気相手と続いているらしい。

「なのに、わたしと別れないって言うの。別れられないんですって。なぜだかわかる？」

千晶は膝の上に重ねていた両手を離し、ぎゅっと拳を作った。

「わたしたちがここの賀上神社で結婚式をしたからよ」

「え？」

それまで黙って聞いていた苑子は驚いて声を上げた。

「賀上神社で結婚した夫婦は離婚しない。だから、別れないって言うの。意味がわからないでしょう」

「はい。わかりません」

呆気《あつけ》に取られて、つい正直に答えてしまう。

「夫の上司が、熱心な賀上神社信者なの」

「上司……そういえば、旦那さんが勤めてる会社って、ここの七階の」

「そう崎田商事。その千葉支社」

「旦那さん、たしか課長さんでしたよね」

「いいポジションでしょ。それをね、失いたくないの、あの人」

千晶は八年前、崎田ビルが近野ビルとなった直後に受付嬢として派遣されてきた。

そこで、崎田商事に勤める倉永氏と出会った。業務が縮小され、大幅なリストラが決行された中、残った彼はまだ二十代半ばで、千晶よりは四つも年下だったが、果敢にアタックしてきた。仕事に対する真面目さや熱意を知るうちに千晶も彼に惹《ひ》かれ、付き合いが始まったという。

一年が経たないうちに、求婚されたのは、千晶が二十代のうちにと思ったかららしい。賀上神社で式を挙げることを提案したのは例の倉永氏の上司だった。上司自身も同じく賀上神社で結婚し、幸せになったという。

「まあ、その上司は事実、すごい愛妻家で子煩悩で、おまけに孫煩悩。今も幸せいっぱいなのよね」

千晶たちの仲人もしてくれた。

「まさか。その上司という人が、賀上神社の噂《うわさ》を流しているんですか？」

「それはわからないけれど」

上司の手前、離婚するとは言えない。機嫌を損ねるわけにはいかない。

「今は崎田商事の専務なのよ、その上司」

「え、専務って」

「そう。この間、夫人がいらっしゃったでしょう。お孫さんつれて」

親しげに千晶さんと呼んでいたのは、何度もお弁当を届けに来ていたからだけではなかった。倉永夫婦の仲人でもあったのだ。

「でも……だから別れないって言うんですか？」

「ばかげてるわよね」

千晶は吐き捨てるように言った。だがすぐに、言葉も表情も強気さを失う。

「でも……それを突っぱねて、離婚を強行できないわたしもばかなのよね。彼の言ったとおり、逃げてるだけなんだもの。でもそれなら彼だって」

隙なくラインが引かれた赤い唇を小さく噛む。

「ちゃんと話がしたいっていうけど、何を話そうっていうのかしら」

妙な話だ。

神社の噂にとらわれて離婚できないのもそうだが、千晶は千晶で、何から逃げているというのだろう。離婚したくなくて、離婚話から逃げているのならわかる。それなら千晶の言うとおり、倉永氏もわからない。逃げている妻を捕まえて、何を話そうと言うのだろう。浮気相手とも別れないのに、離婚もしたくないなんて勝手すぎる。

「あ、でも」

苑子の脳裏に有来の顔が浮かんだ。

「何？」

「いるそうですよ。離婚した人」

え、と千晶は息を呑む。

「賀上神社で結婚式を挙げて、それでも離婚した人。いるそうです」

有来の両親、だとはわざわざ言わない。

「絶対に別れない、というのはただの噂なんですって」

「それ、本当？」

「はい。神主さんも言ってました。離婚だけが別れじゃないって。……神主さんも、あそこで式を挙げたそうですし」

「……そうなの」

千晶もまた、噂を信じ込んでいたのだろうか。呆然《ぼうぜん》としたように呟いた。

「だからそれを旦那さんや、その上司に話してみたらどうでしょう」

夫はともかく、頭から信じ込んでいる上司には伝わらないかもしれないけれど。

「そうね。彼に話してみようかしら」

そうしたら、彼はどうするかしら——握られた両手はいつのまにか解かれ、また美しく膝の上で重なり合っていた。

3

クリスマスイブもクリスマスも普通に通り過ぎて終わった。もとより予定もなかったので、なにもありようがなかったのだけれど。

今年もあと一週間足らずで終わる。今日を含めて三日、つまり明後日《あさって》で仕事納めだ。

苑子は今日も、賀上神社の賽銭箱の前で手を合わせていた。昼休憩の屋上には風もなく、それでも空気は頬を刺す。

ほかに、人影はなかった。

幹人にプラスチックのタッパーいっぱいの卵焼きを作って渡したのは、先週の水曜日のことだ。翌日の木曜日、幹人は屋上に現れなかった。金曜日は祝日で会社も休業、土日を挟み、そして昨日の月曜日こそはと思っていたが、会えなかった。

掃除には来ているのだろう。けれど、苑子は会っていない。一緒にお弁当を食べるどころか、すれ違うこともない。たった数分も、時間が重なり合わないのだ。今日、会えなければ、一週間、顔を見ていないことになる。

こんなことは知り合って一か月半の間、一度もなかった。

まさか、苑子の卵焼きを食べてお腹をこわしたとか。

故意に避けられてしまっているのではないか、などと、悲しい予感に、賽銭箱の前で立ち尽くす。もはや、今日こそは会えますようにと願うのもむなしくなってきた。

柵から身を乗り出して、ビルの下を覗き込む。ちょうど駐車場の出入口になっているが静かなものだ。道路を往来する人や車はあるが、近野ビルの前は素通りしていく。少し先に視線を向けてみても、それらしき人がやってくる気配はなかった。

諦めて、ひとり、昼食をとる。

今度は屋上の出入口を見つめながら、そのドアが開けられるのをじっと待つ。けれど、多めに作ったおかずは今日も無駄になりそうだ。

そして幹人はやっぱり姿を現さなかった。


「待ち人は今日も来なかったみたいね」

「何の話ですか」

「いい加減、しらばっくれなくても」

このところ、昼休憩から戻ってきた苑子の顔色を見るのが千晶の日課となっているようだ。きっと、屋上で過ごしていることにも気づいているのだろう。

「気になることがあれば、本宮に行ってみればいいのに」

「えっ」

「婚礼パンフレットに本宮の場所と連絡先、載ってるわよ。ここから歩いて行ける距離だし」

苑子は絶句した。

屋上以外の場所で、幹人に会う。

今まで、考えもしなかったことだった。パンフレットはたしか、更衣室のロッカーに入れたままになっているはずだ。

もし、明日も会えなかったら、その時は。

「きっと、今の時期はお正月の準備で忙しいのよ」

ああそうか。そうなのかもしれない――。

「その気になった？」

「――」

千晶の言葉を真に受けて納得しつつも、はっと我に返る。

「わたしのことはいいんです」

苑子は明言を避け、意味もなく手元のファイルを捲《めく》った。

「それより、倉永さんはどうなったんですか」

夫とは話をしたのだろうか。聞くつもりはなかったが、自分のことから話題を逸《そ》らせるためだけに、訊ねてみる。

「……今は勤務中よ。お仕事をしましょう」

千晶は自分のことは棚に上げ、澄ました顔で居住まいを正す。お互い様だ。同僚というだけでそこまでプライベートの話に首を突っ込むのもよくはない。苑子はそのつもりだったが、千晶はただ公私の区別をつけたかっただけらしい。

その夜の忘年会で、隣り合わせに座った千晶は、一杯目のビールのグラスを空にしたところで、しょぼしょぼと泣きはじめた。

「あ。瀬戸さん、倉永さん泣かしちゃったね。あとはよろしくね」

別に苑子が泣かしたわけではないのだが、真辺に任されてしまった。そういえば千晶は酒が強くない。苑子の歓迎会でも乾杯のグラスに口をつけた程度で、あとはウーロン茶を飲んでいた。それなのに、今日はいきなりごくごくと豪快に喉に流し込んでいたのだ。千晶自身、今日は覚悟の酩酊《めいてい》なのだろう。

「倉永さん、大丈夫ですか」

「彼に話したの」

千晶が鼻を啜《すす》る。苑子だけに聞こえるような声だった。

「あの、賀上神社のことですか」

「そう」

「旦那さんはなんて」

「黙り込んで、考えてた」

それを元上司に話すかどうか。話してどうにか納得してもらい、千晶と離婚するか。それとも機嫌を損ねるリスクを恐れて話さず、離婚もしないか。

「ずっと、考えてた。それって、迷ってるってことよね。本心では、わたしと別れたいって思ってるってことよね」

千晶の夫は、また連絡すると言って帰って行ったという。

「ほかにも選択肢があって考えてたんじゃ」

「どんな」

「どんなって言われても」

苑子にもわからないけれど。

「いい加減なこと言わないで」

「すみません」

「わたしは」

千晶は二杯目のウーロン茶のグラスを両手で握り締めた。

「離婚はしないって言ってほしかったの」

ぽろぽろと、涙を流す。

「神社の噂が嘘だってわかってても、離婚はしないって。わたしと別れたくないから離婚はしないって、言ってほしかったの」

なのに、化粧は一切崩れない。鼻の頭は赤いけれど、それでも美人だな、と思いながら苑子は見ていた。

賀上神社

1

翌日の昼休み。

苑子は屋上ではなく、直接賀上神社の本宮へ向かった。パンフレットには簡単な地図しか載っていなかったが、オフィス街の大通りから外れた路地裏にあるらしい。

こぢんまりとした小さな神社を想像していたが、近野ビルから徒歩十分で辿《たど》りついた賀上神社本宮はなかなかに立派なお社《やしろ》だった。鳥居も、屋上の分社とは比べ物にならないくらい大きく、苑子は仰《の》け反《ぞ》るように見上げた。

そういえば、神主さんで七代目だと言っていたっけ。

気になるなら行ってみればいい。そんな千晶の言葉に乗せられてやってきてしまったが、どうすればいいのだろう。乗せられて、ではあったが、それなりに覚悟を決めてここを訪れたはずなのに、鳥居をくぐっただけで、早くも後悔が襲ってくる。

(神主さんのことが気になる。たぶん、いや、神主さんのことが好きだ)

それだけの想《おも》いで来てしまったのだ。相手の気持ちなんて、まるでわからないのに。

まずは幹人に会わなくては。それが、いちばんの目的と言えばそうだ。どこにいるのだろう。社務所にいるものなのだろうか。

境内にはちらほらと参拝客がいる。

「あ」

神主の恰好《かっこう》をした後ろ姿が、社殿の前に見えた。白い小袖に青い袴《はかま》をつけている。被《かぶ》り物はなく、白髪交じりの頭が見える。幹人ではなさそうだ。ということは、本宮の神主である彼の父親だろうか。着物を着た年配の女性と立ち話をしている。

「あら」

と、先に苑子に気づいたのはその女性だった。同時に苑子も「あっ」と目を見張る。見覚えのある女性だった。たしか、崎田商事の専務夫人だ。

「あなた、近野ビルの受付の」

夫人は苑子のコートの下の制服を見ていた。顔を覚えていたのではなく、服装で気づいたのだろう。

「あなたもこちらにお参りに？　熱心ねえ。もしかして縁結び祈願かしら。こちらの神社はそれはもう――」

夫人はひとしきり賀上神社の素晴らしさを説いた。夫人自身は、今日は年末の挨拶にやって来たのだ、と腕に抱えた四角い風呂敷包みを見せながら言う。

それを、幹人の父であろう神主も穏やかな、それでいてほんのりとした苦笑を浮かべて聞いていた。

「はあ」

苑子は生返事しかできない。やっぱり、賀上神社の噂《うわさ》を流しているのは専務夫婦ではないだろうかと疑ってしまう。

「ねえ、それより、あなた」

夫人は苑子の反応もお構いなしに話し続ける。

「この前、一緒にいたでしょう。受付で」

「え？」

「清掃員の恰好をした子。あの子、本当に有来さんて名前じゃないの？」

どう返せばいいのか迷い、苑子は口ごもった。有来は嘘《うそ》をついている。けれど理由もなく嘘はつかないだろう。わけも知らないまま、それが嘘だと夫人に明かすことには抵抗があった。

「崎田有来さんじゃ、ないの？」

「崎田……？」

思わず、訊《き》き返した。

「いえ。違います」

それにはきっぱりと否定できた。有来の名前は山内有来だ。

「あら、そう……」

変ねえ、と言いたげに、夫人は眉をひそめていたが、そこで神主が助け舟を出してくれた。

「お寒いでしょう。立ち話も何ですので、中にお入りください」

そう夫人を社務所のほうへと促し、苑子には会釈を残して行ってしまった。

幹人を探すより、まずはお参りだ。

拝殿の脇に立て看板があり、正しいお参りの仕方がイラスト付きで描かれていた。苑子はそれを見ながら、まずは手と口を清めた。お賽銭《さいせん》を入れて鈴を鳴らし、礼をしてから柏手《かしわで》を打つ。手を合わせて願い事を唱えるつもりが、つと、さきほど夫人が言った崎田という名前が頭に浮かび、離れなくなった。

崎田って、もしかして。

「瀬戸さん！」

賽銭箱に背を向けた時、社務所のほうから声がした。

「神主さん」

今日も相変わらずくだけた恰好だ。中からそのまま出てきたのか、上着は着ていない。

「父から、僕を訪ねてきた人がいるみたいだと聞いて」

「すみません。ここまで来てしまいました」

言いながら、なぜ幹人の父は、彼の客だとわかったのだろうと不思議に思う。

「僕のほうこそ、なかなか、分社のほうに行けなくて」

「え?」

訊き返すと、幹人はばつが悪そうに視線を少し外した。

「いえ。嘘です。掃除には行ってたんですけど、瀬戸さんには——」

言葉の最後が、小さく揺らいだ。それを聞いて、苑子は意図的に避けられていたのだと確信した。

何で、来てしまったのだろう。

「ごめんなさい。わたし——来ないほうがよかったですね」

理由はわからないけれど、彼は苑子に会いたくなかったのだ。一刻も早く、ここから去らなければ。そんな想いに駆られつつ、足が竦《すく》んだ。

幹人と目が合う。彼はひどく動揺した表情で苑子を見ていた。居たたまれずに、足に力を入れる。だが、今度こそ踵《きびす》を返そうとした苑子の腕が、強く引かれた。

「違うんです、瀬戸さん」

「え」

「いや——違わないかな。たしかに僕はここ数日、瀬戸さんを避けてました。会わないようにしていた」

どうしてですか、と問おうとしたけれど、声にならなかった。幹人の硬い表情が、何かを思いつめているように見えた。

「わからなかったんです。どんな顔をして会えばいいか」

「どんな顔って……」

幹人は苑子の腕を離し、その場で項垂《うなだ》れた。苑子は何も責めておらず、怒っているわけでもない。そもそも苑子はこの会話の意味すらわかっていない。なのに、幹人は苑子の前で、まるで叱られた子どものように立ち尽くしている。

「あの、神主さん？」

「何から話せばいいか、考えてるんです」

だからもうちょっと待ってください、と苑子に懇願した。

境内には誰もいない。きっと正月になれば初詣の参拝客でいっぱいになるのだろう。幹人もまた、神主姿になるのだろうか。

彼の次の言葉を待ちながら、苑子はそんなことを考えた。

手袋を忘れた。手が冷たくなってきた。胸の前で手のひらを擦《こす》り合わせ、幹人を見る。あの神々《こうごう》しかった姿とは裏腹に、今、苑子の目の前で必死に言葉を探している彼を、それほどまでに悩ますものの正体は何なのだろう。

「瀬戸さん、実は」

ようやく幹人が口を開いた時だ。

「ママ……？」

どこからか、幼い子どもの声がした。視線を左右させると、社務所のほうから小さな姿が駆け寄ってくるのが見えた。男の子だ。まっすぐに苑子を目指し、そのまま腰のあたりに抱きつく。姿が見えたときに、まさかという想いとやっぱりという想いが同時に過《よぎ》った。けれど今はそれ以上に、男の子の行動が苑子を困惑させる。

──ママ？

「陽人。違うだろ。ママじゃない」

「だって、この服」

幹人に窘《たしな》められ、男の子は苑子に抱きついたまま、顔を見上げた。陽人。七歳になる幹人の息子だ。そして以前、パンフレットをもらいに来た男の子だ。

「うん。わかってる。ママじゃない──」

腰にあった温《ぬく》もりがすっと遠のいた。驚いた顔が落胆に変わり、また失望が泣き顔に変わろうとしていた。

「遠くから見たら、ママに見えた。でも、違うって途中でわかった」

「陽人」

「ママはもういないもんね。屋上の神社の、会社の受付にいたお姉さんだよね」

急に大人びた口ぶりになる。

「陽人、この人のことを知ってるのか」

「わかってたけど、わかってても、抱きついちゃった。ごめんなさい」

陽人は父親の問いには答えず、そう呟《つぶや》いた。

「ママじゃないけど、卵焼きを作ってくれた人だよ」

幹人は戸惑いながら、息子に伝える。

涙がこぼれる寸前に、陽人の目が見開かれた。濡《ぬ》れた双眸《そうぼう》に一転、興味深そうな色が浮かぶ。

「あの卵焼き、お姉さんが作ったの？」

幹人にではなく、苑子に問いかける。

「そう。お姉さんが作ったの。……おいしかった？」

おそるおそる訊《たず》ね返すと、陽人は大きく頷《うなず》いた。

「うん！」

その笑顔に、救われた。彼の息子だと認識して対面したのは初めてだというのに、思いのほか複雑な感情は湧《わ》き上がってこなかった。やっぱり彼にどことなく似ている。そんな単純な感情だけが胸の中に横たわる。

「陽人。パパはこのお姉さんとお話があるから」

陽人は聞き分けのいい子どもらしく、素直にもう一度頷く。だが最後に、この前と同じ仕草をした。名残惜《なごりお》しそうに、苑子のジャケットの裾を一瞬つまんで、すぐに離す。ぱたぱたと社務所へ帰っていく。

「驚きました。瀬戸さんは陽人と――息子と面識があったんですね」

「前に、うちの受付にパンフレットをもらいに来たんです」

「パンフレット？　そういえば陽人もさっき、そんなことを」

「分社での結婚式のパンフレットです。お父さんとお母さんが写ってるんだって言ってました」

するとと幹人は困ったように、「ああ、あれですか」と眉毛を下げた。きっと、そういうパンフレットがあるのだと誰かから聞いたのでしょうね、と苦笑する。

「……瀬戸さん。時間はまだ大丈夫ですか」

「はい。あと三十分くらいなら」

「手短に話します。きっと、瀬戸さんにとっては取るに足らない話だと思いますから。亡くなった妻は、瀬戸さんと同じ、その制服を着ていました」

「え？」

「十年ほど前のことです」

崎田商事の正社員として、受付業務をしていたという。幹人と彼女が出会ったのは、苑子と同じ、屋上の賀上神社だった。大学を出たばかりだった幹人はその頃から分社の清掃を担当していた。

「だから、初めて瀬戸さんとあの屋上で出会ったとき、びっくりしたんです。妻との出会いと、あまりにも似すぎていて」

制服も。一度も染めたことがなさそうな黒い髪も。

遠目にはそっくりだ。だから、陽人もさっき、見間違ってしまったのだろう。

「驚きよりも、懐かしさが勝ってしまって、つい引き留めてしまいました。彼女とも、よく昼休憩を一緒に過ごしたんです。あの屋上で。だから——いつのまにか、瀬戸さんに妻のことを重ねてしまっていた。会えない日が続くと会いたくて、来るまで待っていようとして待ちくたびれて眠ってしまうほど」

苑子は黙って聞いていた。何も言えなかった。相槌《あいづち》すら打てなかった。まさか、自分を見る幹人の目に、違う誰かが映っていたなんて。そんなこと、思いも寄らなかった。

当たり前に傷つく苑子を構うことなく、幹人の独白は続いていく。

「あるときあの分社で挙式があって。僕の神主としての初仕事でした。巫女《みこ》役は、崎田商事の総務部でいちばん若かった彼女で。それを機につき合うようになりました」

パンフレットの巫女の女性を見たときから、心のどこかでは理解していた気がする。

分社での結婚式で巫女の姿になるのは須田メンテナンスの最年少女子社員。あるいは以前は崎田商事の受付嬢。ならば、パンフレットの巫女もそのどちらかなのだろう。男の子は最初に会ったとき、苑子の着ている受付の制服にとても執着を見せていた。

「わたしの巫女姿を見たかったのは、奥さんを思い出したかったからですか」

思わず苑子は訊ねた。傷を自分で深くすることを承知で。

「自分でも、わかりません」

幹人は本気で答えが見つからないような顔をした。

「瀬戸さんの卵焼きを食べた時も、妻の卵焼きを思い出したんです。味が似ているって。それを、陽人にも食べさせてやりたいと思いました。好物だったんです、陽人の。妻の卵焼きが。陽人は瀬戸さんの卵焼きもとても気に入った様子で。僕はうれしくなって陽人に訊ねました。ママの卵焼きにそっくりだろって。そしたら」

幹人は大きく息をついて、空を見上げた。

「陽人は言いました。全然違うよって」

――ママの卵焼きはもっとしょっぱかったよ

「ママの卵焼きも好きだけど、この卵焼きもすごくおいしいって。僕は驚いて父にも食べさせました。父も言うんです。妻の――彼女の味ではないって」

幹人は上を向いたまま苦笑した。陽人も制服を見て、母親と苑子を間違った。けれど、すぐに違うと認識した。卵焼きの味も、惑わされなかった。

苑子も思った。きっと幹人は、苑子の卵焼きの味が初日とその後で変わったことにも気づいていないのだろう。

「僕は、何を見ていたんでしょうね」

気づいてしまえば、今度は、どんな顔をして苑子に会えばいいかわからなくなった。こちら側の事情など、苑子は知る由もないだろう。素知らぬ顔をしてまた今までどおりに顔を合わせればいいはずなのに、できなかった。

「すみません。瀬戸さんにはどうでもいい話で」

「どうでもいい話じゃありません」

素っ気なく、苑子は答えた。

「取るに足らないことなんかじゃ、ないです。わたし、気分を害しましたから」

「瀬戸さん」

どうでもいい話だろうと予防線を張っておきながら、きっと幹人は気づいているはずだ。苑子のほのかな想いに。だから妻の身代わりのように接してきたことに罪悪感を覚えているのだ。

「時間なので、帰ります」

苑子は急ぎ足で本宮を去った。

きっともう、幹人は苑子に会おうとはしないのだろう。時間をずらして分社の清掃に行き、またいつかあの屋上で結婚式が行われても、儀式を粛々と執り行うだけの神主の目に、苑子は入らない。

苑子は、どうなのだろう。彼に会いたいと思うだろうか。

わからない。今はまだ。

2

近野ビルに戻った時にはまだ時間に余裕があった。更衣室でひとりお弁当を食べながら、なぜか涙は出ない。

「あ。瀬戸さん。お疲れさまです」

むりやり喉に通し、食べ終わった頃、有来が出勤してきた。

苑子の横でてきぱきと着替えを始める。まるで武装するように、黒縁メガネとマスクを装着し、髪をまとめてキャップを被る。作業着姿とはいえ、華奢《きやしや》な背中を眺めていると、先ほど神社で会った専務夫人のことが浮かんだ。

「あの、有来さん」

「瀬戸さん、お願いがあるんですけど」

互いに話しかける声が重なった。

「え、お願い？」

「はい。あ、瀬戸さんは……何ですか」

「わたしは——別に、いいです。それよりお願いってわたしにですか」

有来は少し瞳を揺らしていたが、それを定めると、思いきったようにマスクを顎までずらした。

「貸会議室の鍵がほしいんです」

「貸会議室？」

「はい。第一のほうだけでいいんです。前に、そこで落とし物をして。まだ、見つかっていないんです。鍵が開いている時を見計らって何度か探してみたんですけど見つからなくて」

私用で、施錠された部屋に入ることはできないし、そもそもアルバイトの有来が鍵を持ち出すこともできない。

「でもどうしても探したいものなんです」

「正直に探したいものがあるって言って鍵を借りても、誰も咎《とが》めないと思うけれど——もしかして、探し物をしていること、あまり知られたくないとか」

「——はい。でも瀬戸さんには何回も変なところを見られてしまいましたから」

「たしかに、あの探し方は不自然でしたね。ヘアピンも？」

「ごめんなさい。咄嗟《とっさ》に嘘をついてしまいました」

だが、とても切羽詰まった様子だった。よほど大事な物なのだろう。

「わかりました。この時期だし、大掃除をしたいと言えば、鍵を借りられるでしょう」

「ありがとうございます」

真辺に話して鍵を借り、内線で千晶に事情を伝えると、苑子はその足で第一貸会議室に向かった。数分後、清掃カートを取りに行っていた有来も追いついた。

「どうぞ。好きなだけ探してください」

有来は迷うことなく、以前も探していたスチール棚に近づいていく。

「その棚を動かすのなら手伝いますよ」

「いいんですか？　じゃあお願いします」

ふたりして、手前の棚を壁から離す。思いのほか、軽い。だが、そこには何も落ちていない。隣の棚も動かしてみるが、結果は同じだった。

「やっぱりもうないのかな……」

「このあたりばかり探しているけど、ほかの場所っていうことはないんですか？」

「絶対にここなんです。それに、ほかはもう全部入れ替わってるし」

言ってから、有来は焦ったように口を噤《つぐ》んだ。

「入れ替わってる？」

「いえ、あの」

動揺した表情を隠すためか、顎まで下げていたマスクで口元を覆う。

「有来さん。さっき訊きかけたこと、訊いてもいいですか」

「え……はい」

「さっき、賀上神社の本宮で、崎田商事の専務夫人に会ったんです。前に受付で有来さんのことを知っているようなこと言ってた人。今日もまた訊かれました。あの子は有来さん——崎田有来さんじゃないのかって」

「——」

「崎田って、もしかして崎田商事と関係があるんじゃないですか」

珍しい名字ではないが、よくある名字でもない。有来が隠したがっているものはその名にも関わりがあるのではないか。

「そんな、関係なんて」

有来はしらを切りとおそうとしていたが、苑子が辛抱強く待っていると、諦めたようにため息をついた。

「内緒にしていてほしいんですけど」

「はい」

「母が、先代社長の娘です」

そう前置きをしてから、小さい声で白状した。

「有来さんは、前の社長のお孫さんっていうことですか」

「崎田家とは、今はもう交流はありません。八年前に、婿養子だった父は母と離婚し、わたしと姉たちは父についていきました。だから今は山内有来です」

賀上神社で式を挙げ、別れた有来の両親は、崎田商事の社長令嬢とその婿養子だったというわけだ。

「離婚の理由は、わたしはその時まだ小学生だったからよくわからないけれど、会社の業務悪化と縮小が関係していたそうです」

自社ビルを売り渡すことが決定し、人員もかなり整理されることになった。

先代社長はそれを機に退き、有来の母の兄が新社長の椅子に座ることが決まった。有来の父も重役の地位にいたが、義兄である新社長とはその先の経営に対する方針が食い違い、度々衝突していたという。

結果、意見は決裂し、有来の父が社を去らなければならなくなった。当然、崎田家との関係にも溝ができた。

両親が離婚したのは、父親が新しい仕事を得て、東京を去ることになったときも、母が崎田家に残ると言って聞かなかったからだ。

有来たち姉妹はそんな母に反発し、父について崎田家を出た。名前も父の姓である山内になった。新天地は父の故郷である福岡だった。

「わたしはすぐに新しい生活に馴染《なじ》めたけど、お嬢様育ちだった姉たちは苦労してました。でも誰も崎田に戻るとは言わなかった。何不自由のない生活だったけれど、少しだけ窮屈でもあったから」

向き不向きはあれど、慣れれば上の姉は料理のセンスがあったし、下の姉は持ち前の勝気さで、父不在が多い女所帯をしつこいセールスなどから守ってくれた。そして有来は掃除全般が得意だった。以前、苑子に訊かれて答えたのはその実家での話だった。有来は大学進学で再び東京に出てきたが、実家に帰るたび、大掃除をしているという。

「でも、半年前に、祖父が亡くなったんです」

「前の社長の？」

「はい。わたしたち、祖父のことは好きでした。特にわたしは末の孫だからか、よくかわいがってもらいました。母から連絡を受けて父も姉たちも上京し、皆でお葬式に行ったんです。完全に余所者《よそもの》扱いで、居場所はなかったけれど」

遺影を見ていたら、さまざまな思い出が蘇《よみがえ》ってきた。せっかく春から東京で暮らしていたのだから、生きているうちにもう一度くらい会っておきたかった。その時に、思い出のひとつが有来の心を搦《から》めとった。

「ここ。この第一貸会議室。崎田商事の自社ビルだった頃は、社長室だったんです」

「社長室——そうだったんですか」

それで有来はこの部屋にこだわっていたのか。第二貸会議室は、専務室だったという。

「小さい頃、祖父を訪ねて、何度かこの社長室に遊びに来たことがありました。あの日も——」

あの日。

最後に有来がたったひとりで祖父を訪ねた日。

両親の離婚が決まり、崎田家を出ていく覚悟もできていた。福岡に引っ越す日ももうすぐ——その前に最後に大好きだった祖父に挨拶がしたかった。

同時に、怖くもあった。母と共に崎田家に残らず、父と去ることを選んだ有来を、祖父は怒っているのではないかと。だからというわけではないが、十歳の誕生日に祖父からもらったブローチをワンピースにつけて行った。祖父を嫌って崎田家を出ていくのではないと伝えたかった。両親が離婚しても、おじいちゃんにはまた会いたい——そう伝えたかった。

けれど、拒絶されたらどうすればいいのだろう。

事実、離婚が決まってからは一度も祖父に会っていなかった。祖父だけではなく、崎田商事そのものが自分を拒んでいるような気がして、何度も訪れたことがあるはずの崎田ビルに入るのも、気後れした。

「今もですけど、その頃も、子どもが忍び込むくらい、簡単なことだったんです。防犯カメラもちゃんとありましたけど、社長室まで行くのに見つかったことなんてありませんでした」

　有来が社長室まで辿りついた時、そこは無人だった。祖父もおらず、会議でもあるのか外出していたのか、なかなか戻ってこない。今思えば、社長退任を目前に、祖父も残りの日々を忙しく過ごしていたのだろう。

　途中、有来も知っている男性秘書の出入りはあった。とっさに見つかってはいけないと思い、スチール棚に身を隠した。

　日が傾いても祖父は社長室に現れず、有来は諦めて立ち去った。ブローチを失《な》くしたことに気づいたのは、ビルを出た後のことだ。きっと、男性秘書が入ってきて慌てて隠れたときに落としたのだ。

「でも黙って社長室に忍び込んだことを誰にも言えなかった。そのうちにばたばたと引っ越しをして生活環境が変わって、わたしもいつのまにかブローチのことを忘れてしまっていました。でもお葬式の日に思い出して、どうしても見つけたくなったんです」

「まさか、それがこのビルの清掃員のアルバイトをしている理由だとか」

「はい。最初はクリニックに来たふりをして状況を確認しにきたんです。でも貸会議室は誰でも入れるものじゃないとわかって」

運よく、管理会社がアルバイト清掃員を募集しているのを見つけた。だが、まだ七階フロアには崎田商事が入っている。誰に顔を見られるとも限らない。有来は小学生の頃からあまり顔立ちが変わっていないらしいのだ。古株の社員の中にはその頃の有来の顔を覚えている者がいるかもしれない。

「実際、専務夫人は名前まで覚えてましたもんね」

「びっくりしました。迂闊《うかつ》でした。あのとき、マスクをしてなかったんで」

「ひょっとして黒縁メガネとマスクって変装？」

有来はメガネを外し、キャップも脱いで、照れたように笑った。

「昔は母の好みで、ふりふりのワンピースとかよく着てたんです。髪の毛もくるくるのツインテールとか。それが、今も嫌いじゃないんですよね」

「有来さんの普段着はそれっぽいですもんね」

「さすがにツインテールはしませんけど。でもこのつなぎにキャップにメガネとマスクじゃ、絶対ばれないでしょう？」

でも、と有来は肩を落とした。

「そこまでしても見つかりませんでした。あの頃のままになっているのは、この収納スペースだけだったんです。ブローチを失くしたのもこのあたりだったはずだから、あると思ったんですけど」

社長のデスクや椅子、ソファなど調度品類は撤去されていたが、スチール棚やロッカーなどのオフィス収納は当時のまま使われているのだそうだ。

「もう、七年も経ってるんですもんね。残念。あれ、十歳の子どもがつけるにはそこそこいい値段がしたはずなんですよ。さすがに服につけるのは恥ずかしいから、バッグにスカーフを巻いて、そこにつけようかなあ、なんて考えていたのに」

残念。有来はもう一度そういって、自分自身を茶化すように笑った。笑った後、静かに涙を零《こぼ》した。

3

翌日。仕事納めの日の昼休憩も苑子は屋上にいた。

幹人に会いたい――と思ったわけではない。むしろ、幹人は来ないのだろうとわかっていたから来た。

ここの屋上からの眺めはけっこう好きだ。東の空に突き出ているガラス張りの高層ビルを見ていたら、おかしくなって自然と笑いが込み上げた。

変な縁だな。あのビルからこの屋上が見えたから、赤い鳥居にお願いしたから、今、自分はここで働いている。実際はただの偶然なのだとわかっていても、そういうことにしておけばいい。

背中でドアが開く音がして、どきりとした。振り向くのが怖くて、柵をぎゅっと握り締める。また手袋を忘れた。鉄の柵の冷たさが指に容赦なく伝わる。マフラーもそろそろ出番かもしれない。そんなに防寒してまで、ここに来なければならない理由などないというのに。

「あれ、瀬戸ちゃん」

聞き覚えがある声がした。拍子抜けしながら振り返る。

「安達さん」

「今日はちゃんと警備員室の前を通って、まっすぐここへ来たで」

あやしいことは何もしていない、と苦笑する。

「何も言ってませんてば。……何かお願い事をしにきたんですか」

「そう。見てよ、これ」

麻由実はバッグから何かを鷲摑《わしづか》みにして取り出し、苑子の目の前に突きつけた。

「うわ」

思わず苑子は声を上げる。

「それってもしかして」

「そ。お義母《かあ》さんが作りはったやつ。懲りもせず」

こけしだ。それもふたつ。麻由実が持ち出して返したものと、紛失時に新しく絵付けしなおしたものだろう。

「懲りもせず？」

「全然、こたえてへんの。わたしがあれだけ嫌がっていたことを伝えて、窃盗までしでかしたのに」

――麻由実さん。これ、あげるから、好きに使いなさい。ふたつあるから、願い事はふたつまで聞いてもらえるんじゃない？

「やって」

「………」

「敵《かな》わんわ」

眉をしかめつつ、麻由実の表情は穏やかだ。

「たまに日本語通じへん人やけど、悪い人やないねん。だから始末悪いねんけど。好きに使いって言われたから、好きに使わせてもらおうと思って」

麻由実は賽銭箱の前に行くと、財布の小銭入れを逆さまにして振り、中にあるだけすべての小銭を投入した。

祠《ほこら》の前にこけしを置くと、ぱんぱんと柏手を打つ。ひどく真剣に手を合わせたあと、

「さ、帰ろ」

さっさと鳥居の外まで舞い戻ってきた。

「何をお願いしたんですか」

「それは内緒」

晴れやかな顔をして麻由実は答えた。

コートを翻しながら去って行く。コートもバッグも前と一緒なのに、その姿は軽やかで、まるで新調したばかりのものを纏《まと》っているかのように眩《まぶ》しい。何かの折り合いがつき、麻由実は再び歩き出したのだろう。

そういえば、数日前、須田メンテナンスに入って初めての給料日だった。けれど苑子は新しいコートも新色の口紅もまだ買っていない。

見送っていると、屋上のドアを開けたところで、人影がひとつ増えた。

麻由実と入れ違いに、カーキ色のコートが入ってくる。

苑子は咄嗟に、設備機器の建物の陰に隠れた。しゃがみ込みながら腕時計を見る。まだ昼休憩の時間内だ。なぜこの時間に。

「何をしてるんですか」

頭上から声が降ってくる。

まるで初めてこの屋上で出会った時みたいに、同じ声が。

「隠れてるんです」

「誰から?」

神主さんから、とは本人を前にして言えず、言葉を濁す。

「……会いたくないだろうなと思いまして」

「だったらこの時間には来ません。瀬戸さんが僕に会いたくないというのはわかりますが」

「そんなことは」

苑子はようやく顔を上げる。その口ぶりから、幹人はいつもの飄々《ひょうひょう》とした顔をしているのだろうと思っていた。けれど彼は、多少、気まずそうな顔をしている。それでもまっすぐな瞳を苑子へ向けていた。

「これを、渡してほしいんです」

幹人がコートのポケットから白いハンカチに包まれた何かを取り出した。苑子の目の前で包みを広げる。太陽に反射して、青い光が煌《きら》めいた。

「それって」

八分音符の形をしたブローチだった。おたまじゃくしの尻尾《しっぽ》には透明なストーンが敷きつめられ、頭の部分は青い石がついている。

「先日、うちに来られたお客様の口から、このブローチの持ち主である人の名前が出たそうなので、もしかして、と」

「あの専務の奥さまですか」

「父に話していたそうです」

近野ビルで、崎田商事前社長の孫娘によく似た少女を見かけた。

「本人にも受付の人——瀬戸さんにも違うと言われたけれど、やっぱりそうとしか思えない。前社長のお孫さんのことは小さい頃からよく知っていたし、顔もそのまま大きくなったようだったから間違いない……とそこまで話して思い出したのだそうです。前社長の娘夫婦は離婚して、お孫さんたちは父親についていったから、今は崎田姓ではない、と」

——だとしたら、崎田という名前じゃないと言ってもやっぱり有来さんだわ。どうして素性を隠すような真似《まね》をしてあのビルでアルバイトしているのかしら

と、今度は有来を怪しみ出したのだという。

だが、専務夫人の不審はさておき、幹人と幹人の父は、思い当たる節があった。前社長直々《じきじき》に、このブローチを預かっておいてほしいと頼まれていたからだ。

「有来さんのお祖父《じい》さんから？」

「はい。社長室に落ちていたこのブローチを見つけたのは、その前社長ご本人だったので」

自分が不在の間に、可愛がっていた孫娘が来ていたことを知った。けれどブローチを見つけたのは社長退任および自社ビル明け渡し前日の、退去作業の最中のことで、有来

たちはすでに福岡へと旅立ってしまっていた。

「福岡の住所へ送ろうとは考えなかったんですか？」

連絡先くらいはわかっていただろう。少なくとも母親は把握していたはずだ。

「前社長はどちらか迷ってしまったんです」

「迷う？」

「このブローチは果たして、お孫さんがうっかり落としていった物か、それとも」

祖父との、崎田との決別として捨て置いていった物か。

「捨てるなんて」

「もしかしたらお孫さんは崎田家に追い出されたと思っているかもしれない――前社長はそう考えたんです」

けれど、もしかして落としてしまったのなら。

有来はまた探しに来るかもしれない。

だからブローチは、賀上神社の神主に託された。

「うちの神社だけが、変わらずにそこにあり続けるからです」

ビルが他人の手に渡っても、たとえ、いつか崎田商事がビルから完全に撤退してしまうとしても。

もしも有来がブローチを探しに来たその時には返してやってほしい――それが先代社

長の想いだった。

「とはいえ、ビルのオーナーが不要と見なせばうちも廃社になるしかありませんけれど」

そして、有来はこうしてブローチを探しに来た。

「瀬戸さんから返していただけますか」

「はい、それはもちろん」

幹人はほっとしたようにブローチをハンカチに包み直し、苑子に手渡した。

「よかった。見つかって。有来さん、すごく喜ぶと思います。お祖父さんからのプレゼントだって、必死に探してたから」

「そのために変装までして?」

「――はい」

有来の笑顔が浮かんだ。きっと、いつだったか専務夫人の孫の少女が失くした指輪を見つけた時のように、表情を輝かせることだろう。そうして亡くなった祖父の想いを知り、また涙を流すのかもしれない。

「瀬戸さん、どうかしましたか?」

束《つか》の間《ま》、黙り込んだ苑子の顔を、幹人が覗《のぞ》き込む。

「いえ。ふと……ここで初めて結婚式を挙げた夫婦が離婚していたなんて、何だかショックだなって」

するとと幹人は「こんなこと、僕が言うのも罰当たりかもしれませんが」と真面目な顔で言う。

「ここで式を挙げたとしても、離婚率は世間で言われている確率とそれほど変わらないのかもしれません」

「え？」

「神様は気紛《きまぐ》れだから」

口調を一転させておどけたように笑い、もう一度、感情を消した表情で遠くを見た。

神様は気紛れに、誰かの大事な人をあの世に連れ去ってしまったりもするのかもしれない。

「縁が結ばれても、その先の保証はありません。解《ほど》けるのか解くのか。断ち切られるのか断ち切るのか」

そういえば倉永夫妻のところも保留中だ。

今朝、中途半端な後日談を聞いた。

倉永氏は元上司に賀上神社で挙式しながら離婚した夫婦がいたということを告げてみたのか。答えは否《いな》である。なぜなら元上司、つまり専務とその夫人はもちろんそれを知っていたし、倉永氏自身も知っていたからだ。

知っていて、それを理由に千晶とは離婚しないと言い張っていた。浮気相手とも、すでに別れていたらしい。たとえ千晶が一生許してくれなくても、どんな形であれ、千晶とは別れたくない。やり直したいと思っていた。最初から千晶が欲しかった言葉を倉永氏は持っていた。ただ、自分に非があるだけに、言い出せなかっただけで。今、夫婦の未来を握っているのは神様ではなく、千晶だろう。解けそうになった縁を結び直すのも、千晶の意志に掛かっている。

「瀬戸さん」

「はい？」

「一緒にお弁当、食べませんか」

幹人はコートのポケットから最中《もなか》をふたつ取り出して見せる。

「……先に、神社のお掃除はいいんですか」

「実は朝のうちに一度来て、掃除は済ませてあったんです」

「そ、そうなんですか」

「はい、これ」

最中のひとつを苑子に握らせ、隣に座る。その様は、自然とも、不自然とも取れる。よく、わからない。苑子はいつもどおりにお弁当のふたを開け、どうぞ、と幹人に差し向ける。今日は来ないだろうと思っていたはずなのに、手を抜かずおかずを作った自分に拍手をしたいやら、何をしているのだろうと呆《あき》れるやら。しかも以前、幹人に好評だったハンバーグを入れてくるなんて。

「昨日は、いきなりあんな話をして、すみませんでした」

ハンバーグをひと口で平らげてから、幹人は言った。

「……いえ」

「でも、変な話ですが、うれしかった」

何が？

「瀬戸さんが本宮まで来てくれて」

卵焼きの味を見失い、自分が何を見ていたのかもわからなくなっていた時に苑子が現れた。苑子の姿を見た時、視界がクリアになった。

「僕の話を、どうでもいい話ではない、取るに足らない話ではないと言ってくれたでしょう。気分を害したとも。そう言われて、うれしかったんです」

幹人は半分に割った最中をじっと見つめながら言った。

「――うれしいなんて、思ってはいけないのに」

「どうしてですか」

問い返した苑子に、けれど幹人は答えない。いくら待っても、返ってはこない。

「神主さん」

しびれを切らしてそう呼んでみても、無駄のようだ。

「はい、これも」

ようやく最中から顔を上げ、割った半分を苑子に渡す。

「最中ならさっきもらいました」

「さっきのは黒胡麻《くろごま》の餡《あん》。これは胡桃《くるみ》です」

はぐらかされた。苑子は諦めて受け取る。

「ああ、そうだ」

「何ですか？」

「卵焼きのタッパーを返さなくては」

「――――」

「また、持ってきますね」

言って、幹人は最中を口に運ぶ。

まあ、いいか。

答えなんて今はまだどこにもないのかもしれない。けれど幹人は今、苑子の隣にいる。

縁はまだ、続いている。また、がある。

だから今はただ、こうして隣り合わせで座っていよう。

解説

吉田伸子

〝コバルト出身作家〟の波が再び来ている！

去年あたりから感じていたことなのだが、本書を読んで、その思いは更に強くなった。これは、来てる、来てますぞ！

〝コバルト出身作家〟というのは、コバルト・ノベル大賞の受賞作家さんやコバルト文庫で活躍していた作家さんのことだ。とりわけこの賞の歴代受賞者、その錚々《そうそう》たる顔ぶれたるや！　なかでも、唯川恵《ゆいかわけい》さん、山本文緒《やまもとふみお》さん、角田光代《かくたみつよ》さん（彩河杏《さいかわあんず》名義）の直木賞トリオは目を引く。

唯川さん、山本さん、角田さんを第一波として、その後に続く波が、今、ひたひたとやって来ている。それが、響野夏菜《ひびきのかな》さん、須賀《すが》しのぶさん、谷瑞恵《たにみずえ》さんの三人だと個人的に思っていたのだが、本書を読んで、岡篠さんの名前も加えねば、と思った次第。みなさま、追いかけるなら、今がチャンスですぞ！

岡篠さんは、二〇〇五年のノベル大賞（かつてのコバルト・ノベル大賞）の読者大賞を受賞してデビューした方。これまでは、「月色光珠《つきいろこうじゅ》シリーズ」や「花結《はなむす》びの娘シリーズ」といったライトノベル、時代ミステリの「浪花《なにわ》ふらふら謎草紙《なぞそうし》シリーズ」を書かれて来た岡篠さんが書いた現代もののライトミステリ、それが本書である。

主人公は瀬戸苑子《せとそのこ》、二十七歳。新卒で四年間勤めたネット通販会社が倒産し、再就職先を探しているものの、成果は出ない。そもそも入社以来、総務部一筋でやって来た苑子は、会社が破綻する気配をいち早く察知できていたにもかかわらず、気持の切り替えが器用にできなかったため、最後まで事務処理をするはめに。「他の元社員たちが次々と再出発をしていく中、苑子はいつまでも細々とした雑務に追われ」ていたからだ。元同僚たちのほとんどは、すでに新たな職場を見つけて、日常を取り戻しているというのに、「苑子だけが、いまだ宙ぶらりんの無職」だった。

この苑子のキャラがね、いいんです。いわゆる地味キャラなのだけど、あぁ、いるよね、こんな人、と読者がぱっと思い浮かべられるような、その造形がいい。ぱっと見の華やかさはないけれど、自分の地味さを自覚出来る賢さはある。上手く立ち回れる器用さはないけれど、実直で責任感は強い。あと、「地味系女子だからといっておしゃれに無頓着なわけではない」というあたりが、可愛《かわい》いんだなぁ。ちゃんとシーズンの口紅の新色もチェックしてたりして。

とはいえ、その実直さが仇《あだ》になり、結果、再就職に汲々《きゅうきゅう》とする日々。「自分にそれだけの魅力がないからだ」と分かってはいるが、そろそろ苑子の心も折れかけ気味だ。そんなある日、面接の後、エレベーターに乗ろうとして、苑子はとあるビルの屋上にある赤い鳥居に目を止める。目を凝《こ》らす苑子の前で、エレベーターの扉は閉まってしまうのだが、苑子はその鳥居に向かって目を閉じて、三度唱える。再就職先が決まりますように、と。苑子の再就職先が決まったのは、その一週間後だった。

近野ビルというオフィスビルにある、ビル管理会社、須田《すだ》メンテナンスの面接に行った苑子は、十分ほど話しただけで、その場で採用が決まったのだ。「早速、週明けから来てくれるかな」と。翌週、初出社の日、苑子は応募した一般事務ではなく、近野ビルの受付として採用されたことを知る。こんな地味な自分が、受付嬢に？　と訝《いぶか》る苑子。と、ここまでが物語のイントロ部分だ。受付業務専門の人材派遣会社から派遣されている、先輩受付嬢の倉永《くらなが》千晶《ちあき》から、業務内容を教えてもらいつつ、人生初受付嬢としての仕事に就く苑子。やがて、お昼になり、屋上でお弁当を食べることにした苑子（自分のデスクで食べようと思っていたのだが、苑子の席はなかったのだ）が見たのは、一週間前に見た鳥居！　そう、この近野ビルこそ、苑子が再就職を祈った、あの鳥居があるビルだったのだ。

鳥居は、「賀上《かがみ》神社」の祠《ほこら》に続くもので、そこは、近くに本宮がある賀上神社の分社だった。おかげさまで、再就職が決まりました、と手を合わせ感謝を伝えた苑子は、祠の後ろから飛び出して来た人影に驚いて、尻餅をついてしまう。人影は、苑子が面接を受けた帰りに、階段でぶつかった男だった。

これが、この賀上神社の神主、松葉幹人《まつばみきと》と苑子の出会いだった。

物語はここから、新米受付嬢としての苑子の日々と、近野ビルに起こるちょっとした事件――何故か何度も階段を上がっていく白いコートの女性、文化教室で行われていたワークショップから盗まれたこけし、今時の小綺麗な女子大生が地味な清掃員のアルバイトを選んだ理由、etc――と、その謎解きが描かれていて、日常のミステリとお仕事小説の配分がなんともいい塩梅になっている。

さらには、苑子と幹人の恋愛模様、というか、苑子が幹人に惹《ひ》かれていく様も描かれていて、ミステリとお仕事小説、さらには恋愛小説の要素も盛り込まれているのだ。ただし、幹人がシングルファーザーであることを、出会ったその日に千晶から聞かされた苑子なので、幹人への想いを自覚するのは、最終章でのこと。

「神主さんのことが気になる。たぶん、いや、神主さんのことが好きだ」と、苑子が気づくのは、ある日を境にぱったりと幹人と出くわさなくなり、自分からアクションを起こし、賀上神社の本宮を訪《おとな》ったその日だ。なのに、そんな苑子に、幹人は、苑子に妻の面影を見ていたことを告げて、謝る。僕は何を見ていたんでしょうね、と。「すみません。瀬戸さんにはどうでもいい話で」と続けるのだが、その幹人に、苑子はこう返す。

「どうでもいい話じゃありません」「取るに足らないことなんかじゃ、ないです。わたし、気分を害しましたから」

自分のほのかな想《おも》いに気づいていたはずなのに。いや、だからこそ、幹人は自分を通して妻を見ていたことに対する罪悪感を覚えたのだ。そしてそのことに、苑子は傷ついたのだ。この辺りのやりとりの細やかさが、いい。派手なドラマではなく、こういう心のやりとりを描けるというのが、この作者の魅力だと思う。

地味キャラの苑子ではあるが、実は、一つ長所——とはいえ、元の会社の三期先輩である安達麻由実《あだちまゆみ》から指摘されるまで、それが自分の長所だとは思いもしなかったのだが——があって、それが、「人の顔をよく覚えていること」だ。それって、長所というより、特技に入るのかも、と思う苑子だったが、近野ビルで起こる〝事件〟の解決に、この苑子の長所が鍵になる、という仕掛けも巧《うま》い。

何よりも、私が岡篠さんに魅力を感じるのは、現代ものの物語に、苑子のような、ごく地味なキャラ、言い換えれば、ごく普通の女子を主人公に持ってきた、そのセンスだ。奇を衒《てら》うような物語でもなく、クセの強い主人公でもない（人の顔をよく覚える、という長所はあるものの）。クセがあるどころか、読者の隣にいても違和感がないような、言葉は悪いけれど、ごくごく平凡な女子。真ん中に、そういう主人公を据えつつ、物語を膨らませていく、岡篠さんの〝手つき〟が、個人的なツボ。

賀上神社が縁結びの神社としても人気があり、そのために恋愛成就の願掛けで密かな人気があるとか、屋上神社マニアがいるとか、そういった今ふうなトピックもちゃんと盛り込まれていて、その目配りの良さというか、細やかなディテイルの配分は、さりげないけれど、実に練られたものだと思う（近野ビルの九階で行われる文化教室の講座に、俳句や水彩画に混じってピラティスが入っていたり、「聖書を読み解く」や「〇〇式呼吸法」「こけしの絵付け」といったワークショップが開かれていたり。この教室のセレクトセンスがニクい！）。

美貌の受付嬢・千晶、元の会社の先輩の麻由実、謎の清掃人（途中でその謎は明らかになります）の有来《ゆき》、そして、賀上神社の神主である幹人、と、苑子を取り巻くキャラたちそれぞれに味が出ていて、これはもう、ぜひシリーズ化して欲しいところ。あと、本書はドラマにも向いているので、そちらも熱烈希望。苑子と幹人は、ドラマ「プリンセスメゾン」の森川《もりかわ》葵《あおい》と高橋一生《たかはしいっせい》コンビで是非！

（よしだ・のぶこ　書評家）

本書は、集英社文庫のために書き下ろされた作品です。

集英社文庫

屋上《おくじょう》で縁結《えんむす》び

2017年1月25日　第1刷　　定価はカバーに表示してあります。

著　者　岡篠名桜《おかしのなお》

発行者　村田登志江

発行所　株式会社 集英社
東京都千代田区一ツ橋2-5-10　〒101-8050
電話　【編集部】03-3230-6095
【読者係】03-3230-6080
【販売部】03-3230-6393(書店専用)

印　刷　株式会社 廣済堂

製　本　株式会社 廣済堂

フォーマットデザイン　アリヤマデザインストア　　マークデザイン　居山浩二

ISBN978-4-08-745537-3 C0193